メディアワークス文庫

Missing2
呪いの物語

甲田学人

目　次

序章
始まりは魔女が告げる　16

一章
黒魔術の夜　26

二章
見えざるモノの夜　73

三章
軋む夜　130

四章
グリモワールの夜　183

五章
魔王と魔王の夜　248

終章
そして魔女は終わりを語らず　331

いつだったかの事。

その日の文芸部の部室には、音量を控え目にはしているものの、明らかに場違いなゲーム音が流れていた。

音を出しているのは、パイプ椅子を並べて座っている武巳と稜子が、互いに付き合わせるようにして持っている携帯端末。二つの画面には同じファンタジー物のゲームが違うアングルで動いていて、可愛い絵柄で描かれたキャラクター二人が、剣や魔法を振るってモンスターと戦っている。

「やばっ、稜子、回復回復！」

「わわわ、ちょっと待って、待って！　待って……っ！」

協力プレイをしているのだが、二人共それほど上手という訳でもないようで、ゲーム音よりも慌てた声の方がよほど大きい。その様子を、読んでいる本から時折目を上げて、呆れたように眺める亜紀。

明らかに二人共ゲームに夢中になって、本来の目的を忘れている。

このゲームを二人が始めたのは、元々はゲームを空目に見せるためで――その空目は二人の後ろに腕組みをして立ち、何を思っているのか判らない何時もの無感動な目で、ただ黙って眺めていた。

「…………えーっと、ごめん。でも、どうだった？」

暫くしてボスモンスターに返り討ちにされてゲームを終え、「あー」と天を仰いだ後で我に返った武巳が、申し訳なさそうに笑いながら、若干縮こまって空目にそう質問する。

そもそもの始まりは、神話や魔術に詳しい空目が、その割にはいわゆる『剣と魔法のファンタジー』にそれほど興味を持っていないようだ、という話になり、それならいま流行しているファンタジー物のゲームを見せたら興味を持つだろうか、という、武巳と稜子の思い付きが最初だった。

武巳や稜子が専ら接して楽しんでいる『魔法』はむしろそちらの方で、空目がそれにどのような感想を述べるのかに、二人は興味があった。そしてあわよくば空目にもゲームに興味を持ってもらい、一緒に遊んだりできれば、という目論見なども生まれて盛り上がり、このような事になったのだった。

「ねえねえ、どうだった？　ゲーム、面白そうだった？」

その思惑に沿って、稜子は言う。

「そもそもゲーム自体に興味がない」

その問いに空目は、にべも無く答えた。

「ああいうものは脳の報酬系を利用した麻薬行為で、時間の浪費だ。その時間があるなら俺は本を読む」

読書家である亜紀がそれを聞いて「うんうん」と賛同し頷いている。あまりの言い様に苦笑いが出る武巳。妙に嬉しそうにしている稜子。

「あ、いや、このゲームはさ、魔法の設定とか凝っててさあ……」

しかしこれで終わっても詰まらないので、武巳は攻め口をゲームそのものではなく内容の方に寄せて、改めてゲーム画面を見せながら空目に説明する。

「地水火風の属性があって、それぞれ相性があって、出てくる敵との相性を考えて装備とか持って行く技や魔法を選ばないといけないいんだけど……」

「四元素説だな。古代ギリシャの自然哲学者エンペドクレスが原型を唱えて、プラトンやアリストテレスが発展させた。この世界にある物質の成り立ちの根源を火風地水の四つの元素に求める説だ」

だがそんな武巳の努力はすぐに空目に乗っ取られて、画面を見たまま立て板に水といった様子で話す空目の語りに引き取られた。

「ただ、四元素説の主たる部分は世界を形作る物の性質がどうであるかの話で、相性や対立といった要素はむしろ東洋の五行説だな」

「あ、うん……」

「木火土金水。相生と相克。四元素の風は、五行では木行に当たる」

「へえー」

普通に感心して聞いてしまってから、はっ、と気を取り直す。

「あ、いや、それで、ゲームの内容なんだけどさ……」

武巳は話を戻そうとする。これは駄目かな、と思いながら。しかし半分以上諦め気味だったその問いに対して、空目はふと考える様子になると、武巳の持つ画面を指差して言った。

「……そう言えば、一つ気になってる部分がある」

「え、ほんと!? どこ？ 設定？ キャラ？」

駄目元だった所にそんな言葉が出たので、武巳は思わず喜色を浮かべて、勢い込んで身を乗り出す。

だが、

「何で〝魔法使い〟と〝僧侶〟が、仲間同士なんだ？」

「へっ？」

空目が画面に表示されているキャラクターを順に指差しつつ、目を細めて言ったのは、そんな予想もしていなかった問いだった。

「えー……え？」

「どういう事？　別に、何も変な事、無いんじゃ？」

指差された、とんがり帽子を被った魔法使いのキャラクターと、凝った僧服を着た僧侶のキャラクター。それらを見て、ぽかんとする武巳と、首を傾げる稜子。

それとなく聞いていた亜紀も、横目で気にした様子。

そんな空気の中で、空目は普段通りの至極真面目な無表情で、逆に訊いた。

「その〝魔法使い〟が使うのは、〝魔法〟だな？」

「え……う、うん。もちろん」

「〝魔法〟というのは歴史的に見ると、覇権を取った宗教が、他の勢力――多くは他の宗教者、に対して貼った、攻撃用のレッテルだ」

「え？」

「日本語で〝魔法〟と訳せる言葉は幾つかあるが、どれも元は基本的に否定的な意味合いを持つ言葉だ。〝魔法〟という言葉も、〝魔法使い〟という呼び名も、相手の奉じる存在を悪魔よばわりし、また扱う技術を悪魔の業よばわりして、自分達と同じ聖性を相手に認めない、という意味に他ならない。つまりその世界で〝魔法使い〟と呼ばれている時点で、おそらくその〝僧侶〟が所属している宗教から、差別されている存在である可能性が高い」

「さ、差別……」

強烈な言葉が出てきて、武巳はたじろく。

「い、いや、この世界の〝魔法〟は、たぶん科学みたいなもので……」

「ああ、人類学者のフレイザーは『金枝篇(へん)』で〝呪術〟を『科学の前段階』と捉えていたな」

武巳の言葉に納得したように頷く空目だが、明らかに納得している部分は武巳の言いたい事とは別だ。

「とにかく科学であれ同じ事だ。その技術が宗教を中心とした社会から否定的に見られれば、それが〝魔法〟だ。いかがわしい技術。反社会的行為。〝魔法〟とはそういう種類の言葉だ。そのゲームの世界には神が人格を持って実在するんだろう？　ならその世界は、この現実世界以上に宗教中心の社会になっているはずだ。

見たところ〝魔法使い〟も〝僧侶〟も、同じ『MP』というリソースを使って超常的効果を発揮しているな？　だとすると根は同じ技術である確率は高いと思う。だとすると社会を支配している側の教会勢力が、自分達の側ではないそれを異端として弾圧するのは自然な流れだ。科学の前身だった〝錬金術〟も、〝天文学〟すらも、神の敵だった時期があった」

「えぇ……」

思わず武巳は色々考えてしまった。空目の言っている事は間違い無く見当を外している。だがそう言われてしまうとゲームの中で〝魔法使い〟が〝魔法使い〟だからと村人に怖がられたりしていたシーンが、何だか意味深に思えて来る。

稜子がぼそりと言った。

「そういえば、悪魔と契約して撃つ、みたいな設定の〝魔法〟もあったよね……」

「それならやはり、別の信仰が悪魔のレッテルを貼られたものだな」

結論して頷く空目。

「現実でも〝魔術〟というのは信仰の別形態だ。神の存在を信じない者は魔術師にもなれない。魔術も呪いも、その効果を齎(もたら)すと信じている超常的存在があって初めて成立する。だから魔術や呪いは時に宗教よりも宗教的だ。宗教や社会に認められない願いのため、宗教から、そして社会から弾圧されている〝モノ〟に縋(すが)る。あるいは弾圧されているからこそ、逆に社会から〝それ〟には力があると信じられている」

そう言ったところでドアが開いて、部室に村神(むらかみ)が入って来た。

「ん？」

神も悪魔も魔術も呪いも信じていなさそうな男。自分の体力以外、何物も信じていなさそうな、割と大きな神社の息子が。

「……何だ？」

注目され、バッグを下ろしながら、村神は問う。

亜紀が代表して口を開く。

「あんたは神を信じてなさそうだね、って思って。神社の息子なのに」

「ああ、信じてないな」

どうでも良さそうな、村神の受け答え。

「一体何の話だ？」

「別に。神を信じてないと魔術師にはなれないって話してたの。でも宗教者にはなれるんだね、って」

やはり興味の無さそうな村神。ただ「継ぐ気はないぞ」とだけ言った。

ふと、ずっと何か考えていたらしい稜子が、口を開いた。

「………ねえ、魔王様、でもやっぱり、ちゃんと神様を信じてないのに〝呪い〟をやる人って、いるんじゃない？　本で読んだのを実行したり」

「いるだろうな」

空目は首肯する。

「やっぱりそういうのは、効果が無いの？」

「無い、とも、有る、とも言える。何も無い時は、何も無い。ただそういう時は、時に宗教なり社会なりが、逆に〝呪い〟の実行者を飲み込んで来る。そうなるとまた話が変わって来る」

「……どういうこと？」

よく解(わか)らない、と稜子。

空目は答える。

「儀式を行うという事は、その宗教に足を踏み入れるという事だ」

「あっ……そっか」

「社会から、あるいは神からそのように見做されても、仕方無いだろう」

そして淡々と、しかし重々しく。

「それが無思慮からだろうと、興味本位だろうと――」

空目は告げた。

「人が目を背ける深淵(しんえん)を覗(のぞ)く者は。

やはり深淵から覗かれるんだ。人が目を背けるような深淵から」

………………

　現代にも「呪い」は生きている。

　馬鹿馬鹿しい、非科学的だと否定しながらも、人間は心の何処かで「呪い」を怖れている。呪いの存在や効果を否定しても、呪うほど自分を恨む者が居るという事実は否定のしようがないからだ。自分が呪われた事を知れば、その知識に乗って、呪いは感染する。自分が呪われたと知った瞬間、呪いに感染するのだ。これは呪いの『暗示性』による感染である。

　かつて疫病は超常的な現象と見做されていた。病とは〝祟り〟の結果と考えられていた。巨大な「呪い」が〝祟り〟である。疫病は〝祟り〟である。「呪い」は疫病である。つまり「呪い」は感染する。

　この事実を思った時、筆者が連想するのは〝不幸の手紙〟である。疫病のように死者こそ出ないものの、死を仄めかせ巧妙に不安を利用した伝染性は疫病もかくやである。始めは一人の悪意か悪戯心から始まったのだろう。それが不安を呼び、悪意を呼び、極めて短期間のうちに爆発的に全国へと拡がった。

　これこそ現代の〝祟り〟であろう。〝不幸の手紙〟は少年少女の悪意や抑圧、不安などから生まれた、特殊な「呪い」の形なのかも知れない。

――大迫英一郎『オカルト』

関東地方で採録した話である。


夜中の2時に読めないFAXが来たら、それは呪いのFAXだ。

最初の送信を受けとったあと、7夜のあいだ続いたら間違いない。

最後の7夜めのFAXを受けとったら、次の日から同じ時間、同じ手順で、だれかにそのFAXを送らなければならない。

もし送らなかったり、手順をひとつでも間違えれば、
呪いが発動してあなたはしぬ。

——大迫英一郎『現代都市伝説考』

序章　始まりは魔女が告げる

春が夏に変わって、六月が七月になり、もうそろそろ夏休みが目の前に見えて来た学校。これは、そんなある日の放課後の事だった。

「――始めまして。〝ガラスのケモノ〟、さん？」

かの〝魔女〟は唐突に現れて、唐突にそう言った。

「…………」

木戸野亜紀は思わず言葉を失くす。それを見て、〝魔女〟十叶詠子はひどく無邪気な笑みを浮かべる。

「木戸野さん、って言うのよね？　一目で判っちゃった。とても面白い魂のカタチをしてるもの。あの人の言った通り」

詠子はくすくすと笑った。亜紀の視線が、見る見るうちに剣呑なものになる。課外活動のため、亜紀は部室へと向かっている途中。詠子はそこに待ち伏せでもしていたかのように現れて、突然そんな意味不明な事を言い出したのだ。

「えーと……」

一緒に居た日下部稜子が、困った顔をする。

何か助け舟を出すべきか迷っている様子。そんな稜子を視線で抑え、亜紀はつとめて静かに詠子へ訊ねる。

「……何か用ですか？　十叶先輩」

「あれ？　私を知ってるの？」

詠子は妙に嬉しそうに反応する。

「もちろん。有名ですからね、〝魔女〟は」

応じる亜紀の声は、硬い。

「それにこの前は文芸部の男どもがお世話になったそうで」

「うん」

大した事じゃない、と詠子は首を振った。皮肉は通じそうも無い。

亜紀はこの聖創学院大付属高校の二年で、詠子は三年。そして詠子ほど、この学校内で有名な生徒は存在しなかった。

〝魔女〟

生徒達にその名で知られる詠子は、その奇矯な言動において知らぬ者は無い有名人だ。奇人として、変人として、あるいは不思議少女として、学校内の誰もが詠子の存在を、なにがしかの形で知っている。

自ら〝魔女〟と称し、普段から絶えず空想的かつ奇妙な言動を繰り返す詠子は、周囲の多くの人間から完璧な〝異常者〟として認識されている。そして、詠子を異常者とは別の何かであると信じている、ごく一部の人間が、詠子を異常たらしめている、とある一つの能力の存在を信じている。

つまり――――〝霊能者〟十叶詠子を。

そういった生徒達は、信じているのだ。詠子は、常人には決して見えない特別な世界をその目で見ているのだと。もっとも亜紀には、そんなのはどうでもいい事だが。

「……用事はそれだけですか？」

亜紀は冷たく言った。

「それだけなら、急ぐので失礼しますけど」

正直、関わり合いたく無い。

「うーん、〝ガラスのケモノ〟は綺麗で硬くて鋭いけど、ちょっと警戒心が強すぎるのが珠に傷なんだよねえ」

「！」

いきなり覗き込むように見上げられて、思わず亜紀はのけぞった。

亜紀よりも小柄な先輩はにんまりと笑う。目が合う。その楽しげな様子はそれだけならば何の変哲も無い少女のものだ。だが瞬間、そのあまりの邪気の無さに、目が合った亜紀は、全身総毛立った。

「…………‼」

亜紀の主観で言うなら、詠子は明らかに人として欠落していたのだ。

その精神には明らかに欠けているものがある。判る。その激しい違和感が、寒気に変わる。

「ね、少し話をしよう？　〝ガラスのケモノ〟さん」

「……」

う、と息を呑んで、亜紀は頷く。彼女をそう呼ぶ他の者達とは理由が違うだろう。だが確かに〝魔女〟は異常な人間だと、亜紀は実感した。

奇妙な言動など問題では無い。

――邪悪の欠如を、人として異常と呼ばずに、何と言おう？

亜紀は、睨みつけるようにして詠子を見下ろした。

寒気を抑え付け、一度は気圧された心を立て直し、見下ろして口を開いた。そうでもしなければ何かに負けてしまいそうだった。

「……どういう意味です？　その、〝ガラスのケモノ〟ってのは」

「あなたの魂のカタチだよ」

詠子は意にも介さず答えた。

「そっちの子はタダの人間だけど、あなたはそういうカタチをしてるんだよ。あぁ、怒らないで。人間が人間でなくなるためには、ものすごく強い想いと素質が必要なんだから。それはとっても凄い事なんだよ」

ただの人間、と視線を向けられ、稜子が戸惑った顔をした。明らかに状況について来れない様子だ。

亜紀は黙る。

目元が自然と、険を増す。

正面から亜紀に睨まれながら、詠子は平気な顔で微笑い返した。

　この〝魔女〟は亜紀と同じ人間の外見をしているのに、その皮の中身は全く異質なモノで構成されていた。亜紀とは全く相容(あいい)れない存在。夏の夕刻の強い日差しを無遮蔽で浴びながら、亜紀は何故(なぜ)だか鳥肌が立つくらいの肌寒さを感じていた。

「……あなたの本質は透明で、硬質で、しなやかで、気高く、鋭いんだよ」

詠子は語りかける。

「あなたは強靭(きょうじん)で美しく、近づくもの全てを切り裂くほど鋭利なのに、反面とてもデリケートで壊れやすいの。それが、あなたの魂のカタチ。あなたはそういう形をしているの。だからね、あなたの本当の姿は〝ガラスのケモノ〟。綺麗で、美しくて、鋭い爪と牙は全てを切り裂くのだけれど、ガラスの爪と牙は常に同時に自分も傷つける。でも――――それでもあなたは攻撃を止めない。あなたは気高い獣だから。それが獣の宿命だから。あなたの本能は敵を嗅ぎ分けて、徹底的に攻撃を加えずにはいられないの。たとえそれが結果的に、自分を傷つけると判っていてもね」

「……無駄話なら結構です」

　聞くに堪えなくなって、亜紀は鋭く遮った。自分を分析されるなど、亜紀は真っ平御免だった。その上相手は初対面の人間だ。そこまで言われる筋合いは無い。

　しかし、詠子は小さく笑ったのだ。

「……………ほら」

かっ、と頭に血が上った。

だが直後に持ち前の自制が働いて、加熱した頭蓋の中へ膨大な自制心が注ぎ込まれた。冷却は一瞬で完了する。急激に沈静する感情。感情の乱高下に眩暈を起こしそうになりながら、それでも亜紀は、何とか取り乱さずに済む。

「……………用件は？」

押し殺した声で、それだけ言った。

「素敵だと思うけどな。気高い、素敵な生き方だよ」

「用件は？　その無駄話が用件なら、私は帰りますよ」

「しょうがないなあ……」

鬼気迫る亜紀の態度に、詠子は苦笑気味に笑って見せると、急に口調を真剣なものに改めて亜紀の名を呼んだ。

「木戸野さん」

「な……何？」

「ひとつ、忠告しておこうと思うの。〝魔女〟の、忠告だよ」

口調だけでなく表情まで一変していた。真剣な、というよりも、無表情に近い詠子の表情。

「信じる信じないは自由だけど、〝魔女〟は決して見えない事は言わないよ。見えないモノが見えていても、見える事を黙っていても、見えない事は〝魔女〟は絶対に言わないの。だからあなたは聞いておかなくちゃいけない」

仮面のような顔で目だけを上げて、〝魔女〟は言った。

「な、何を……」

「〝狗〟に、気を付けて」

「……は？」

「あなたには〝狗〟が見えるよ。あなたは無数の〝狗〟にその身を喰われる。だから〝狗〟に気を付けて」

「……!?」

「その身、心、魂――――〝狗〟は全てを喰い破る。見えない〝狗〟だよ。絶対に防げない。だから〝狗〟に気を付けて」

訳が分からない。

「〝見えない狗〟に、気を付けて」

最後に一言そう言うと、詠子は、ぱっ、と笑顔を戻して、素早く身を翻した。

「ちょっと……！」

亜紀が呼び止めたが、詠子はそのまま校庭の木立の中へ消えた。

しばし、その場の動きが止まった。

「…………」

灼（や）け付く陽光の暑さが戻ってくる。しばらく無防備に照らされていたのに、思わず抱いた裸の腕は、ひんやりと冷たかった。

腕が内側から冷却されているかのように。

稜子が呆然（ぼうぜん）と、詠子の消えていった方を見ていた。

「あはは……何だったんだろね……今の」

やがて困ったような笑いを浮かべて、胸元で木立を指差す。

「さあね」

応えて亜紀は、冷静な声で言う。

「有名人様の考える事は分かんないよ。〝魔女〟も、あと〝魔王陛下〟も」

「うん……」

納得がいかないらしく、稜子は妙な顔だ。

「でも……」

「稜子、考えるだけ無駄だよ」

亜紀は稜子をあしらう。

「でも……」

「放っときなって。異常人間どもの言う事をいちいち気にしてたら、私ら凡人は身が持たないよ」

亜紀は無視して、さっさとクラブ棟に入る。

「あ、ちょっと亜紀ちゃん……」

それを見て、慌てて稜子が後に続いた。

「待ってったら……」

亜紀は答えない。乱暴に歩を進めながら、今の出来事を頭から締め出していた。

不快だった。

どうしようもない不快感が、亜紀の胸に、澱のように溜まっていた。

そして、この瞬間から事件は始まっていた。

木戸野亜紀の呪われた刻は、こうして〝魔女〟によって告げられたのだ。

……そしてまた、怪異は、始まる。

一章　黒魔術の夜

1

陽光が大地に降り注いでいた。

大気そのものが発光していると見紛うほど陽光は強烈で、地面にくっきりとコントラストを作って、濃い影が落ちている。

夏ほど眩しい季節は無い。太陽の恩恵である光と熱が、遍く大気に満ちている。それによって植物は青々と生命の色を顕わにし、また育まれた昆虫が、鳥が、輝く大気と影の中を飛び回っている。

ここは聖創学院大付属高校。

房総半島に位置する学芸都市、羽間市にある私立高校だ。

街には古い洋風の町並みが残り、その景観を受けて作られた校舎は煉瓦タイルを中心にした非常に優雅なもの。学校はそれを見下ろす山の中にあり、その豊富な自然と相まって、ここの夏は、また格別の情緒がある。

その校庭のベンチに、近藤武巳は座っていた。

武巳は夏が、好きだった。

武巳は変わった人間が大好きだが、その次の次の次の……そのまた次くらいには夏が大好きだった。だが暑いのは嫌いだ。直射日光の降り注ぐ中を、無防備に走り回るなど論外だ。では泳ぐのが好きなのかと言えば、別にそんな事は無い。

武巳は木陰が好きだった。

暑さの届かぬ自然の聖域で、こうして燦々と太陽に照らされている夏の景色を見るのが、武巳にとっての唯一好ましい夏の姿なのだ。

見るだけなら夏はこの上無く清々しい。

武巳は夏が、好きだった。


「…………コラ」

「うわ！」

冷たい缶ジュースを首筋に押し当てられて、そんな武巳の至福は終わりを告げた。

月曜の昼休み。木陰に置かれた校庭のベンチで、武巳が自分なりの夏を満喫していた、そんな時だった。

非情な闖入者の攻撃は強力だった。たまらず武巳は飛び上がり、あっという間に自堕落な感慨の世界から引き戻される。結露の水がべったりと付いた首を手で拭いながら、武巳は振り向く。

「ひでえなあ……」

ぼやいて見上げた先には、闖入者こと稜子が笑っていた。

「まーた年寄りみたいなコト考えてたんでしょ。若さが足りない顔してたぞ」

「……当たり」

稜子の差し出した缶コーヒーを受け取って、武巳は正面を向いて座り直した。その隣に稜子が快活な動作で腰を降ろす。そして二人同時に缶のプルを起こして同時に中身を飲み始めた。しばらく、二人とも何も言わない。

「………んー、いい風。少しだけ年寄り気分が解っちゃったな」

「だろ」

気持ち良さそうに伸びをする稜子に、武巳は少しだけ嬉しそうな声で答えた。地獄のように暑い屋外では、木陰は太陽から影になっているというだけで、意外なほどに涼しいものだ。この場所は夏の間だけ、武巳のお気に入りだった。夏であるうちはここに居ようと、武巳は無意味に心に決めている。

いつもなら昼休みは部室に居るのだが、この季節だけは武巳だけでなく、全員が外に出ている事が多かった。

理由は簡単、部室に冷房が無いからだ。

そして直射日光で蔵書が傷むので、文芸部では窓の開放は最低限しか行わない。そんなとき部室は最悪蒸し風呂のようになってしまうのだ。申請すれば蔵書は図書館に保管してもらえるが、かえって不便なので、結局人間の方が逃げ出してしまったという経緯がある。

教室とは違って単なる趣味の部屋であるし、窓さえ開ければまあ我慢できなくないので、クラブ棟に冷房が付く事はあるまい。文芸部だけが、この先も部室から逃げ出すのだろう。人より本が大事。文芸部の伝統だ。そういうのもまあ良いかも知れないと思いつつ、武巳は、ぼーっ、と正面に目を戻した。

そこには先程までずっと武巳が眺めていた光景が、変わらず存在している。

「ん？　何か見てるの？」

稜子が武巳の視線に気付いた。

武巳は頷いて正面を示す。

「ん……魔王陛下」

「ああ……」

稜子が納得した声を出す。歩道を挟んで正面、そこから少し奥に入ったベンチにある男女の姿を、武巳は昼休みが始まってから、ずーっと木陰で涼むついでに眺め続けていたのだった。

男は空目恭一。そして女はあやめといった。

どちらも十六歳。武巳達と同い年――正確には武巳は一つ上――だが、空目はもっと大人びて見えるし、あやめはもう二、三は幼く見える。〝魔王陛下〟こと空目は、夏だというのにいつも通りの黒ずくめで、武巳の貸した漫画雑誌を世にも詰まらなそうな顔をして捲っている。せっかくの美貌に愛想の欠片も無い。あやめはその隣にちょこんと腰掛け、特に何をするでもなく、ただ寄り添っている。

煉瓦タイルの学校と相まって、それはちょっと浮世離れした光景だった。

翠の木陰に静かに佇む、冷厳な美形と絶世の美少女という組み合わせは、本当に良くできた絵画のようだった。

「……うーん、くやしいけど見とれる価値はあるねえ」

稜子はしみじみと言う。

「だろー」

「うん、お似合いだよねえ。あの二人は恋人でいいと思うんだけどねー」

「そうだよなー」

心底惜しそうな互いの声。空目のファン一号と二号としては、それは一致した意見だった。

——未だに信じられないのだが、あやめは人間ではない。

空目がこの〝少女〟を拾って来てから、そろそろ三ヶ月が経とうとしている。元々は人であり、『異界』へ取り込まれて〝神隠し〟となった少女は、〝魔王〟と渾名される人間、空目恭一によって再び人の世界に引き戻された。

彼女は〝人〟に攫われた〝神隠し〟。

ゆえにもう人を攫うだけの力は無い。

「あの『力』の半分も残ってない……と、思います」

あやめは寂しそうな、安堵したような表情で、そう言った事がある。かつては触れ合う者すべてを『異界』へ引き込む絶対的な〝神隠し〟の力を持っていたらしき少女は、今や『異界』にも『現界』にも受け入れられない存在として、宿命づけられた。

それから、あやめはずっと空目の傍に居る。

気がつけばあやめはそこに居て、また姿を消す。

そもそも〝化生〟であるあやめは、今でもその気になれば衆人環視の中で一瞬にして姿を消す事ができる程の力を有しているらしい。だがそれでも自分の所属していた世界——すなわち『異界』——へと、還るだけの術は、失ってしまっていたのだった。

いや、行く事はできる。

だがそこは最早、あやめの還る世界ではない。

もう、あやめの還るべき場所はどこにも無い。

今や空目だけが、あやめの寄る辺。

だから、あやめはそこに居るのだ。

それ以上の意味は無い。

「――――例えば、自分でわざわざ犬猫を拾ってきたとして、そのまま放り出すのは無責任だとは思わないか？　何より行動として一貫性に欠けるだろう」

空目は言った。

傍目にはどう見てもカップルに見える二人に、いつだったか稜子が茶々を入れた時の答え。明快にして唯一。残念ながら照れ隠しには見えなかった。空目はあやめを『ただの女の子』として扱う気が毛頭ないわけで、あくまでその〝神隠し〟としての存在を買っているに過ぎないのだった。

あやめは寂しそうな、例の微笑を浮かべただけだ。

「……惜しいよなあ」

「だねー」

そこだけ雰囲気の違う二人を見ながら、武巳と稜子はしみじみと呟いた。

最初はアンバランスに見えた二人だが、見慣れてしまえば、あれほど似合いの二人は無い気がした。どちらも生活感というものが皆無で、まるで物語の中の存在のよう。同じパズルのピースのように、二人の持つ雰囲気は良く似ている。あれが恋人同士ならば、まさにある意味で理想の二人と言えるだろう。

　ふと、あやめがこちらを向いた。

「―――？」

　不思議そうに首を傾げる。何やら熱心に自分達の方を観察している武巳と稜子に気付いたようだ。二人は慌てて曖昧な笑みを浮かべる。あやめは応えて、にこ、と微笑った。思わず見とれるほど、透明で綺麗な笑みだった。

「う……」

　妙に気恥ずかしくなる、武巳と稜子。

　その時だ。

　がば、と空目が立ち上がった。

「……！」

瞬時に武巳の笑みが引き攣った。

武巳の勝手な想像に気づかれたに違いない。

空目は大股に武巳の方へ近付いて来る。稜子が怯んで武巳の腕を掴む。

「…………」

空目は無表情で武巳達の前に立った。無感情な目で、二人を見下ろした。武巳の頭の中が、気まずさと怯えで一杯になった。そんな武巳を見下ろす、空目の目が細められる。

「……ご、ごめん、陛下！」

思わず土下座せんばかりに謝る武巳。

「……何を言ってるんだ？　お前は」

空目は訝しげな声を出した。

「これを返す。よく分からんが謝られる筋合いは無い」

そう言って、ずい、と目の前に差し出したのは、武巳の貸した雑誌だ。

「あ、なんだ……何をされるのかと思った……」

武巳は息を吐く。言ってから、しまったと思った。

「一度お前の中の空目恭一像を確認しておく必要がありそうだな」

「あ……いや、その……」

明らかな失言だった。いや、全く正直な感想だったのだが。稜子が慌てて、話題を逸らす。

「あ、ねえ。ところでどうだった？」

「……何がだ？」

「それ。面白かった？」

稜子の指差したのは雑誌だ。

「ああ……」

空目はいつもの抑揚に乏しい反応をする。

「それなりに。だが技術面以外に、漫画で俺が語るべき部分は無いぞ？」

「えーと、この辺なんか面白いと思うんだけど」

そう言って、稜子はわざわざ恋愛物のタイトルをいくつか挙げる。聞いている武巳は苦笑いする。空目に絡む気満々だ。普段から二人は、空目の反応を引き出したいがために、頻繁にあれこれ空目に薦めている。

空目は微かに鼻を鳴らした。

「ああ、確かに面白い素材ではあるな」

「あっ、えっ？　え……そ、そうでしょ！」

まさか肯定的な反応が返ってくるとは思っていなかったので、武巳は少なからず驚いた。一言で切って捨てられるとばかり思っていたのだ。

「いま日下部が挙げた作品群は『恋愛』というテーマに括られるものだ。俺はこれに良く似たテーマをいくつか知っている。どれも非常に興味深い対象だ」

「似たテーマ？　それって？」

「『物欲』と『狂信』と『麻薬中毒』」

「……」

途端、前のめりになっていた稜子が、それと判るくらい脱力した。

「例えば相手の容貌に一目惚れを起こすのは、衝動買いと変わらない。そういった短絡的な感覚を人間に対して抱くのはナンセンスだ。それから相手に対する過度の信頼、期待は、信仰と同じだ。心の中でどんな期待しても、人間は絶対に思い通りにはならない。神や商品に向けるのと同じ欲を人間に向けるのが恋愛感情だ。ただ人間は神や商品のように完全では無い。だから問題が発生する」

空目は淡々と論を展開し始める。難解で微妙に早口なので、それが正論か暴論かも二人には判断できなかった。聞き取る事が、すでに難しい。

「恋愛感情というあやふやな精神状態を至上化するのも極めて宗教的な発想だ。感情の価値のすり替えだ」

構わず続ける空目。

「こうやって何かの方向性をすり替えるのは、宗教が信者の信仰心を煽る手段としてよく利用する。人間が誰しも持つ感情を信仰に結び付けて、その感情に価値を持たせながら方向性を宗教へ誘導するんだ。本来感情に、価値の高低など無いにも拘らずな。人間は自分の生理的反応を綺麗なものだと言われると安心するらしい。

……ところでメディアが、そこまで執拗に恋愛感情とやらの正当性を保護しようとするのはどういう理由だろうな？」

すでに武巳は思考停止している。

話が飛躍してゆく。訊かれても判る訳が無かった。

「恋愛物語の一部は、登場人物がひどく麻薬中毒者的なのも興味深いな」

「……ま、麻薬？」

「恋愛感情は幸福感を伴う興奮状態の一種と理解できるが、この感覚は薬物使用による意識の変容に通じるものがある。『別れた後の寂しさ』などは禁断症状だな。薬物の効果が切れた時の反応で『離脱症状』という。相手が居ない時に感じる不安感とかは近いんじゃないか？　脳内麻薬だろう」

「……えーと………」

「少なくとも『いつも一緒に居たい』などは常習に当たるし、飽き始めたらどんどん量が増え始めるのも麻薬と同じだ。より非日常的かつ刺激の強い方を求め、やがてはそれ無しには居られなくなるという表現も麻薬的だ。恋は麻薬というのもあながち慣用表現でもないように思うが……」

そこで、空目は急に話を止めた。呆けた武巳と、脱力した稜子を交互に眺める。二人とも反応しない。空目は反応の無い二人をしばらく観察すると、

「……どうした？」

と不思議そうに目を細めた。

「………いや、もういいです」

「そうか」

空目はそれきり口を閉ざす。まさか恋愛物の漫画を読みながら、そんな事を考えているとは思わなかった。やはり空目は変わり者だ。

気がつくと、いつの間にか空目の隣にあやめが立っていた。

「……ねえ、あやめちゃん」

瞬時に立ち直った稜子があやめを呼ぶと、余程に自分が呼ばれた事が意外なのか、返事まで一瞬の間があった。

「えっ………え？　あ、は、はい！」

慌てふためくあやめ。出会ってもう数ヶ月が経つのに、その辺には未だに慣れてくれない。

「えーと………別にそんなに慌てなくてもいいんだけどな」

「……え、あの……あ……ご、ごめんなさい」

「……うーん」

　さすがの稜子も苦笑する。

　黙って立っている人形のように綺麗なあやめと、おたおたと狼狽の限りを尽くす今のあやめには、あまりにもギャップがあり過ぎるのだ。普段は現実感が無いほど完璧な姿なのに、今はむしろ微笑ましい。

「あのね、一つ訊きたかったんだけど」

　稜子は何か質問の様子。

「は、はい！」

　あやめがびくっ、と反射的に姿勢を正す。

「……わ！　ひゃ！」

　そして稜子が何かを尋ねようとした途端、あやめは姿勢を正した拍子に何故か足をもつれさせ、そのまま前のめりに転びかかった。「うわ！」と武巳が慌てて手を伸ばして支え、あやめが空目の袖を摑んで何とか難を回避した。三人は崩れかけた廃屋のような危うい均衡で踏み止まり、動けなくなった。

「だ、大丈夫？」

「……あ、あ、大丈夫です！　す、すいません、ごめんなさい」

　完全に足の浮いた、おかしなバランスのまま、あやめが答える。顔が真っ赤だ。空目は少し呆れたような、迷惑そうな表情をして為すがままになっている。

稜子は最初啞然として、その後くすくす笑っていた。

「笑ってないで手伝ってくれよー」

「あ、ごめん」

子供をそうするように、三人がかりであやめを立たせる。あやめはひたすら恐縮していた。

「ご、ごめんなさい」

「……もう！　何を訊こうとしてたか忘れちゃったじゃない」

「ごめんなさい……」

「もーっ……」

稜子が堪えきれないといった感じで笑う。武巳も笑い出した。空目は、処置無しといった様子で軽く溜息を吐く。あやめは顔を赤くして、そんな空目の隣で小さくなっていた。

校庭の生徒が引き始める。

そろそろ、昼休みは終わる頃だ。

2

その日、亜紀が学校にやって来たのは、もう五限が始まっている時間帯だった。

スポーツバッグを下げて食堂に入って来る亜紀を見つけ、

「あ、木戸野、おはよう」

と武巳が挨拶すると、

「…………おはよ」

と地獄から響いてくるような低い声が返って来た。

どうやら機嫌が悪いらしい。

…………


この曜日のこの時間、文芸部二年の面々は、揃って食堂で昼食だった。

二年になって学校のシステムに慣れ、また単位に余裕ができると、生徒の中には昼食の時間をずらす者が出始める。この聖学付属は完全単位制で、しかも進学校なので、平日の授業が実に七限まである。

表面が白い塗料に覆われた長方形のテーブルがずらりと並ぶ、この清潔だが殺風景な食堂は昼休みになると学生の坩堝と化す。まさに収容所並みの混みようなので、並んだり待ったり人混みが嫌いな生徒は早々に嫌気が差し、一部の生徒は対策を講じ出す。

金と時間をかけて市街へ食べに出かけたり、弁当やパンをかなり早い段階から調達したり、わざと昼休み前後の授業を空白にしたり。

あるいはそれを仲間同士で示し合わせたり。授業自体は豊富にあるのだ。一年のように多くの必修科目に縛られなければ、四限か五限の授業を開けて、その時間を昼食に充てる事ができる。

武巳達はそうしていた。

示し合わせて単位選択を行ったので、皆が可能な限り五限目を開けている。

そういう訳で早くは昼休みから、遅くとも五限の時間になると、いつもの面々が食堂に揃う。

今日はようやく、全員が集合した所だ。

「……亜紀ちゃん、怪我の方は大丈夫？」

皆の居る席までやって来た亜紀に、稜子が心配そうに訊く。

亜紀はまず、辞書やら教科書の詰まった重そうなバッグを椅子に下ろす。そしてそれから稜子に答えて言った。

「ん。怪我は別に大丈夫」

亜紀が今日学校に遅くやって来た理由。皆が稜子から聞いた話によると、亜紀は昨日の晩に怪我をして、今日は先程までその件で病院に行っていたのだという。怪我自体は大した事は無いのだが、朝になって痛み出したので、病院に行く事にした。それで学校には遅れて行くと稜子が今朝メッセージを受けたのだ。

亜紀の左手には、その証明のように、包帯が巻かれていた。

武巳は訊ねた。

「何で怪我したんだ？」

「紙で切った」

「紙ぃ？」

「そ。紙。普通のね。だから私も大した事ないと思ってたんだけど、意外と深かったらしいね。今朝になって痛み出した。化膿してるってさ」

「へぇ……」

武巳は感心する。紙でそこまで怪我した話は初めて聞いた。

「大丈夫なのか？」

「だから大丈夫だって。利き手じゃないしね」

「良かった。村神に続いて重傷者が出たら、三人目が出るかも知れない。二度ある事は三度ある、って言うし」

「……悪かったな」

憮然とした顔で俊也。

村神俊也は四月に足を骨折し、ギプスは取れたものの、今もまだ松葉杖だ。

しかも途中、何やら体力が有り余って、足を無茶な使い方したらしい。一度折り直したという話だった。無茶苦茶だが彼にしては珍しい弱味なエピソードなので、機会があるたびに武巳はいじる材料にしている。

「怪我は別にいいんだけどね……」

そんな感じの話をしていると、亜紀はそう言って、不機嫌そうに鼻を鳴らした。機嫌の悪い原因は、怪我ではないようだ。

「……古文の柳川がムカついてね………」

「………あー」

それだけで武巳は大体理解した。柳川は嫌われている教師だった。

亜紀は憤懣の込もった息を吐く。今日の授業を休んだので、亜紀はそれぞれの授業担任の所へ事情説明に回ったらしい。釈明がてら配布のプリントなどを貰うのが目的だったが、その時に四限の古文の担任教師、柳川に散々嫌味を言われたという。

痩せぎすで銀縁眼鏡の柳川は放っておけば普通の男性教師なのだが、一度目を付けられると非常に偏執的に苛めにかかるので大半の生徒から嫌われている。古文の単位は他で代替が利かないので、それも嫌われるのに拍車をかけている。

武巳もあまり好きではない。一度柳川の授業で居眠りをした事がある。

「『もちろん、こんな基本的な事は判ってるよなぁ？　余裕だもんなぁ？　余裕で居眠りの近藤くん?』ってやつだろ? 柳川節。うわー、思い出すだけでムカつく。しかもずっと憶えてるんだよ、あいつ」

「授業中ずっとやるんだよねえ……」

「今も会うたびに言われるんだよ」

「あーあ……」

経験者である武巳と稜子は揃って溜息を吐く。柳川の授業は憂鬱だ。

「とうとう亜紀ちゃんもか……」

稜子は同情の様子。

「陛下や村神はそんな事ないだろ？」

訊いてみる。すると即座に二人から否定の言葉が返って来た。

「いや。態度が悪いと言われたな。無視したら嫌われたようだ」

「頬杖ついてた時にやられたな。俺は」

「取るに足りない事だ」

「だな」

どうやら文芸部二年は全滅らしい。

「意外と平等だったんだねー」

稜子は呟く。それを聞いて、空目が軽く鼻を鳴らした。空目は平等とか、公平とか呼ばれる概念にも懐疑的だった。少なくとも平等の実現も、平等の正義も信じていないと言っていた事を覚えている。

「……ま、まあ、そんな感じだから、気にするコトないと思うよ？」

あはは、と稜子が乾いた笑いで取り繕った。

「この中で目を付けられてないの、あやめちゃんくらいだよ」

「おーい」

当たり前だ、と武巳は笑う。授業に出ていない、生徒ですらない人間が、どうやったら教師に目を付けられるのか。

言われたあやめは、きょとん、とする。

亜紀は指をこめかみに当てた。

「……あのね、馬鹿者ども」

救いようのないものに対する声。

「世界中の全人類が柳川に嫌味言われたとしても、私の不満には少しも関係ないでしょうが。柳川があらゆる生物に嫌味を言えば、私に嫌味を言った罪が消えるわけ？　あんたらは他の全生徒が『居眠り』呼ばわりされたら、柳川への不満が少しでも収まるの？」

「え？　えーと……」

「いや、そんな事は……」

「無いでしょ。だったら、詰まんない事は言わないの」

亜紀は切って捨てた。

「大体、私が柳川ごときに嫌味言われただけで、ここまで怒るわけ無いでしょ」

「……あ、うん」

亜紀の性格的にそんな事は無いんじゃないかな、と武巳は思ったが、言わない事にした。どんな反撃が来るか分かったものではない。

代わりに訊く。

「他に何かあったんだ？」

「……まあね」

と亜紀は言ってバッグを開け――

ばっさ、とテーブル上に投げ出したのは紙の束だった。薄い紙で、内側に向けて巻き癖が付いている。思わずまじまじと観察する武巳。

「…………感熱紙？　ＦＡＸ用紙？」

「そ」

亜紀の答える通り、それは今では殆ど現物を見なくなったＦＡＸ用の感熱紙の束だった。レシートで馴染みのある、表面に艶のある薄っぺらな紙。それをＢ４サイズにした物。それがざっと見て十枚ほど存在する。

ＦＡＸ機能の付いた電話機でスキャンして送信し、やはり機能付きの電話機で受信して印刷する、電話回線を使って書類のやり取りをするサービス。電子メールとコンピューターの普及でほとんど見なくなった。武巳も辛（かろ）うじて知っているが、使った事は一度も無い。

それ自体には、何か変哲（へんてつ）がある風では無かった。

ただのＦＡＸ用紙だった。

ただ、

AAhaaAaurruaaaaaaAAAaAAAAAAAAAer/TteeieeeeerehiierrrEEEeereeeeieeeeeeeeeereeee//MMaaaAhhhaaaAAaauuaaaaaaRRruuUUUuouuuuuvvvvvvvu/KKKhuuuouRuuuouRuuuiurraaavruuuuuUUUt//Vee/geeaHaaEEeEeeeeeruuaeEEEEhheeeeeeeeeEyyBvuuurRRRUuuvvvvbbuuVuuuuuaaahaaaAaaaAaaaaaaaaaah//Vee/Geeeeeeeeeeeeeeeeeeeeeehe/BdryuuUuuRLuuuhaaAAAaaahareаrRRrrruaaaAAAAAAHHAAAAAEa/RUyUU/uOOOOOOOouuruuuuuaaaayaaahhhaAAAAarrrRMMMMUUUUouuuuuuuaMuu/eAaaaaaaaaaaaaaahMeeeeeeeeeeeeeeeeeeeeeMmmnnnnnnnnnNn……

そこに印刷されているものは、見た瞬間それと知れる、異常なモノだった。

紙には全て、殴り書きしたような気味の悪いアルファベットが、母音も子音も滅茶苦茶に、びっしりと書き込まれていたのだ。

ぞろぞろと、細かく、不揃いで汚らしい、しかし妙な情念を感じる執拗な文字の集積。列を書こうとして失敗した不規則が集合し、逆に生物的な規則性が生まれているそれは、文字というよりも紙の表面に隙間無く集っている不快な昆虫の群れを思わせて、一目見た武巳の腕に、うっすらとした鳥肌を立てた。

「何だ、これ……？」

絶句する一同。

何とは無しに肌寒いのは、冷房のせいばかりではあるまい。豪胆な村神ですら、やや眉が険しい。空目だけ平然と手に取って眺めているのは、多分精神構造が根本的に違うからだろうとしか言いようが無い。

「……どうしたの？　これ」

稜子がいかにも気味悪そうな声で呟く。

「昨日の夜にね、送信されて来た」

亜紀は言う。昨日の夜中の――――正確には今朝未明の――――二時頃に、このＦＡＸは突然、亜紀の家に送り付けられたのだと言う。

亜紀はアパートで一人暮らしをしている。そんな亜紀の家が悪戯の標的にされたというのは少々悪質に思えた。遠隔地の出身はこの学校では珍しくないが、寮の設備が充実しているので殆どの生徒が寮に入ってしまう。亜紀はそんな中では珍しい一人暮らしで、何かの事情があってそうなっているらしい。

「亜紀ちゃん家、ＦＡＸなんてあるんだね。私、ＦＡＸ紙なんて初めて見た」

稜子がどことなく話題を逸らすように、言う。

「現代っ子め……うちの田舎はまだ普通に現役だよ」

亜紀が憮然と言う。

「って、前にもこんな話しなかったっけ？」

「俺も小さい頃に田舎で見たきりかなあ……陛下と村神は？」

「昔はあったが今は無いな」

「俺の家にはあるぞ。現役だ。年配者の相手が多い仕事だとまだ普通に使うな」

武巳も乗っかる形で振った質問。空目は武巳と同じく首を横に振ったが、村神の方は違う答えだった。

「業者の広告なんかもまだFAXで来る。そういうのは注文もFAXでするな。FAXで送られて来た注文表に記入してFAXで送り返したり、今でもする。神事の道具とかな。家では当たり前だったから考えた事も無かったが、古い業界だとしぶとく残るのかもな」

「神社かあ」

「ああ」

それを聞いて空目も言った。

「そう言えば、専門書を扱う小規模出版社から来るカタログも、記入してＦＡＸで送る形の注文が可能だな。確かに手段の一つとして残っているようだな」

「へえ……」

確かに言われてみるとありそうな話に思えた。少し考えてみればありありと想像できる。お寺と仏具屋とか、おじさんおばさんばかりの小さな会社とか、年寄りの夫婦だけでやってる個人の不動産屋とか。後は昔からある小さな工場とか。そういえば少し前にかかった小さな歯医者の受付にも、ＦＡＸ付き電話機が置いてあったような記憶がある。

「……まあうちも、こっちで一人暮らしする事になった時に、親が他の家電と一緒にまとめて決めた機種なだけだけどね。特に疑問にも思ってなかったけど、確かに今まで一回も使ってなかったね」

亜紀は溜息混じりに言う。

「それで初めて使う事になったと思ったら、これって訳だけど」

「御愁傷様……」

何にせよ悪質な悪戯だった。仮にも一人暮らしの女の子の家だ。こんなものが夜中に送られてきたら、男の武巳でも怖くて寝られなくなる自信がある。

計十三枚の手書きと思しきアルファベットは、どう控え目に見ても何千字という単位だ。異常な密度の文字の羅列は圧巻で、Ｂ４用紙にこれだけ書き込む執念も恐ろしい。その上どこか儀式的でもあって、文字列は所々で大きく途切れ、そこには必ず大きな十字が殴り書きしてあった。そしてその上部に小さな十字架が一つ、描き込まれている。

見るからに鬼気迫っていた。

完全に呪いの何かだ。暗い部屋でマジックペンを握り締めて、鬼気迫る表情で一心不乱にこんな文字を書き込んでいる男の姿を想像してしまい、武巳は心の底からイヤな気分になった。

「送信者の番号は非通知になってるな」

村神が印刷されたヘッダーを調べ、現実的なチェックを入れていた。

「ストーカーか？」

「知らないよ」

亜紀はうんざりした表情で手を振る。

「とにかく話題半分、愚痴半分で持って来たわけ。本当なら即行でゴミ箱行きにしたいところだけど、もしかしたら何かの証拠になるかも知れないからね……」

一応すでに警察沙汰も念頭に入れているらしい。

「その方がいいだろうな」

俊也も頷く。

「その前に設定を変える手もあるな。非通知は止められる」

「ん？　ああ……そっか…………でもねえ……」

亜紀の答えの歯切れは悪い。何となく、武巳にはそれが引っかかった。

会話が途切れ、皆が黙った。五限目の食堂の、ささやかな喧騒が耳に流れる。

「………て言うかね、これ、アレじゃないかと思って」

やがてその沈黙の後で、ぽつりと亜紀は言った。

「アレ？」

「前に恭の字が持って来た本に、載ってたやつ」

「……本？」

思い当たる事がなく首を傾げる武巳。その横で同じようにしていた稜子が、しかし程なくして声を上げた。

「あ！　あれ！　都市伝説の本！」

頷く亜紀。

「そう、それ」

「〝不幸の手紙〟のＦＡＸ版！」

「あ？　あー！」

武巳も漸く思い出した。

「――『呪いのFAX』！」

3

夜中の2時に読めないFAXが来たら、それは呪いのFAXだ。

最初の送信を受けとったあと、7夜のあいだ続いたら間違いない。

最後の7夜めのFAXを受けとったら、次の日から同じ時間、同じ手順で、だれかにそのFAXを送らなければならない。

もし送らなかったり、手順をひとつでも間違えれば、のろいが発動してあなたはしぬ。

※

それは少し前に、文芸部の活動として定期的に書いている掌編の題材として、たまたま〝不幸の手紙〟が取り上げられた時の事だった。

不幸の手紙。あるいはチェーンメール。

この手紙を受け取った人は、○日以内に○人に同じ文面の手紙を送らなければいけない、もし手紙を止めたら不幸になる、あるいは死ぬなどと言って不安を煽り、かつて爆発的に流行して社会問題にもなった事がある、手紙が鎖のように連なる事から『チェーンメール』と呼ばれたムーブメント。

それが課題掌編のテーマになった。この掌編は全員が同じ題材で書く事になっていて、前後に『編集会議』と『講評』というミーティングを行う。そのうち事前に行われる『編集会議』では、主に題材への理解を深める事を目的に、めいめい題材について調べて、結果判った事や資料などを持ち寄って話をする。

この時には勿論〝不幸の手紙〟に関する資料が集まった。多くは〝不幸の手紙〟についての記述がある都市伝説本。その他に、社会現象としての研究書。実際にそれが流行っていた頃の新聞や雑誌の記事。珍しい所では、本人が以前実際に受け取ったという〝不幸のメール〟などもあった。

そしてそんな場に空目が持ち込んだのは、他の本や記事には取り上げられていないような珍しい事例が載った資料で――――その中の一つに、この『呪いのＦＡＸ』の報告があった。

夜中の二時。

読めないＦＡＸ。

「……まあそんな訳で、夜中に起こされてこんなもん送りつけられて、腹立つけど話のネタにでも出来れば少しは元が取れるんじゃないかと思ってさ、こうして持って来たわけ」

やけっぱちの据わった目で、そう言う亜紀。

「余りにもそのものだと思ってね。恭の字はこういうの興味あるでしょ」

「そうだな」

空目は淡々と首肯した。テーブルに並べたＦＡＸ用紙を見つめたまま。

亜紀は肩を竦める。

「そ。なら良かった」

「この文字はどういう意味だろうねえ」

同じく用紙を見ながら、稜子が言う。先程まではあれほど気味悪そうにしていたのに、もう数枚を手に取って眺めている。

「読めないよね、これ。英語には見えないし、フランス語かな？」

「そんなわけないでしょ」

亜紀に冷たくあしらわれても、稜子は気にしない。むしろ少し嬉しそうにしているようにも見える。武巳はどちらかと言うと亜紀の事が怖いので、そんな稜子の神経を感心して見てしまう。

「あはは、冗談。でも正確な発音って、無理だよね。何て読むんだろ？　……アアハァ～ウルアアァアアァア………」

「やめなさいよ、こんな場所で。恥ずかしい」

「十字架もヤな感じだよねえ。『殺す』とか言われてるみたいで」

「結構さらっとヤなこと言うねアンタ……」

「あ、ごめんね……でもそれくらいしか思いつかないでしょ。十字架が描いてある意味なんて」

「…………」

亜紀は思い切り顔を顰めた。だが確かに、稜子の言う通りだ。

しかし――――

「……いや、そんな事は無い」

黙って聞いていた空目は、突然口を開くとそれを否定した。

「……え？」

「十字架は『墓』というイメージのため『死』のシンボルに見られがちだが、本当は違う。そのイメージは本来二義的なものだ。元は違う意味がある」

そう断言した。皆が少し、興味深そうな顔をした。

「文化人類学の一種にシンボル学というのがあってな……」

空目は何かを思い出すときの常で、目を閉じる。

「世界のあらゆる模様には、文化的に秘められた意味がある。忘れてないか？『十字架』はキリスト教のシンボルだ。十字架は本来『磔刑にかけられた神の子』を意味するものだ。教団のシンボルとして『信仰』『教会』のマークになったが、元の意味は『贖罪』の象徴だった。そして——そこから転じて『救済』。これは病院の記号にも使用される。さらに転じて『聖性』。魔術ではこれだな。後期の魔術はキリスト教文化の産物だから、魔術師はこの意味で使う事が多い。その形状から人体、すなわち『人間』を表す事もある」

「……へえ」

「もちろん『死』も表す。しかし墓の下という事は『信仰に基づいた死』だ。『昇天』、と言い換えてもいい。元々は悪い意味では使わないが、『死』それ自体が忌まわしいものとして捉えられるので、良い意味とも言えないな。ここは日本で、キリスト教的な思考が下地にない事を考えれば、確かに『死』の象徴とするのが普通、という考え方もあるだろう。まあ、何であれ……」

そこで空目は一息ついて、

「……この場合は全く違う。これは多分、〈カバラ十字の祓(はら)い〉だ」

　結論として口にしたのは、全く耳慣れない単語だった。

　武巳は意味がわからず、聞き返した。

「え？　カバラ……何？」

「〈カバラ十字の祓い〉。『魔術』の儀式だよ。西洋魔術だ」

　別に面白くも無さそうな口調で、空目は説明した。

「西洋魔術……」

「ああ。〈カバラ十字の祓い〉はその魔術儀式の一部で、他の儀式の前後に行う清めの儀式の事だ。これを使って自身の霊的不純物を払い、自己の内部に霊的なパワーを満たす、というものらしい。あらゆる魔術儀式の前後に行うので、初心者に必要な技術として市販の魔術入門書に載っている事も多い。〈カバラ十字の祓い〉は魔術への入門者が最初に習熟する必要のある、最も基本的な魔術儀式だと言われている」

「……これが？」

　武巳は疑わしげにＦＡＸをつまみ上げた。空目の事務的な説明と、目の前のおどろおどろしい物とがどうしても繋(つな)がらないのだ。

空目は頷く。

「ああ。このＦＡＸの文面は字間、行間、改行から文字の大きさまでバラバラだ。だから一見すると、これはデタラメな文字の羅列だと錯覚するかも知れない」

そして指差す。

「だが見てみろ。十字架の図で区切られた文の頭は全てＡで始まり、Ｎで終わっている。中の綴りも一語一句同じ。正確に発音ができない綴りになっているが……恐らくこれは儀式の時に唱えるヘブライ語の聖句だと思う」

「へ、ヘブライ……？」

「アテー・マルクト・ヴェ・ゲブラー

ヴェ・ゲドゥラー・ル・オーラム・エイメン」

空目は耳慣れない言葉を発する。

「詠唱時は音節ごとに語尾を延ばして声を振動させるので、恐らく発音はＦＡＸの文に酷似する。ＦＡＸは聖句を実際に唱えた時の音をアルファベットとして写し取ったものか、それをイメージしたものだと思う。この聖句の意味は『汝が王国、峻厳と、荘厳と、永遠に、かくあれかし』。儀式ではこれを唱えながら、手で作った剣印か、本物の短剣で十字を切る。こんな風に」

右手の中指と人差し指だけ真っ直ぐ伸ばす。これで簡易的に、あるいは象徴的に『剣』を表す『剣印』になるのだという。

「十字架は聖句一綴りごとに描かれている。とすれば、これは十字を切る事を示す印だろう。上に描かれた小さな十字架は『剣』だ。〈祓い〉の儀式における『剣』の始まりも、図と同じく頭上に置く。最初に頭上に太陽をイメージして、『剣』でまず触れる」

言いながら、そのまま『剣印』を頭上へ。

「そして聖句を唱える。『アテー……』」

剣印を額に。

「『マルクト』」

胸に。

「『ヴェ・ゲブラー』」

右肩。

「『ヴェ・ゲドゥラー』」

左肩。

「『ル・オーラム・アーメン』」

最後に両手を胸の前で組んだ。

「……単純な儀式だから、動作としてはこれで終了だ。これに呼吸法とイメージ喚起を組み合わせて、術者の霊的不純物を浄化する」

「へえ……」

「これは俺の想像だが、おそらく〝霊的不純物〟というのは〝雑念〟とほぼ同義だろう。『魔術』は現代で一般にイメージされているものと、現実に実践されているものとでは大きく異なる。現実の魔術師は創作で描かれるような、空も飛ぶようなものでもなければ、炎が出るようなものでもない。

　魔術とは本来、本人の意識の変容を目的とした技術だ。近代における魔術師と言われる人物——例えばメイザース、クロウリー、フォーチュンなどは——皆こうした修練をもって魔術の基礎としている。意思が現実に影響を与えると信じるのが魔術の根本だが、それなら自分の精神を自在に変容できるようにならなければ意味が無い。儀式とはそのための手段な訳だ。『悪魔』も実は、そのための〝シンボル〟に過ぎなかったりする。

　つまり儀式を介して自身の意識を切り替えるのが魔術。そして精神を高める事、それがイコール、魔術の実践だ」

　空目は言う。

　魔術といえば生贄（いけにえ）を捧（ささ）げたり、悪魔がデロデロ出てきたり、不気味な鍋をかき混ぜたりするのを想像していたので、けっこう武巳には意外だった。空目の言う〝魔術〟は思いのほか清廉な印象だ。それだけ聞くならば修行者のようで、全く危険は無さそうに思える。

「じゃ、このFAXには危険はない？」

武巳は訊いたのだが、空目はそれも否定した。

「俺は善悪は一度も規定していない。『自己の意識を変容させる技術』が『魔術』だと、そう言っただけだ」

何を聞いていたのか、という顔。

「え？　でも魔術は自分を高めるものだから、呪いとかとは関係ないんだろ？」

「近藤はどうも『魔術』という言葉に惑わされ過ぎているようだな」

溜息が返ってくる。空目は言葉を捜して、少し視線を泳がせた。

「なら、言葉を『武道』に置き換えようか。『武道』は自己を高めるものだが、人を傷つける目的で使用すれば危険な技術だろう？」

「？　うん……」

「『魔術』もそれと同じだ。邪悪な目的、意思を持って魔術に臨めば、当然危険なものになる」

「うん」

「判るか？　つまり『魔術』にも有益なものと、有害なものがある。陳腐な言い方をすれば黒魔術と白魔術が両方ある。どちらも同じ技能で使える『魔術』で、ただの道具だ。使う者の裁量次第の単なる道具なんだ。『魔術』そのものが善悪の属性を持っている訳ではない。『魔術』と聞いただけで邪悪のイメージを持つと、大きな勘違いを起こす」

「……あ、そうか」

「お前は『魔術』というだけで〝邪悪〟のイメージを持ったり、それが否定されたから〝善〟だと考えたりしたな？　それはかつてキリスト教が『魔術』に対して植えつけたイメージに惑わされ過ぎという証左だ。二元論的な極論だな。まずここでは、物事を善悪で測るやり方は捨てた方がいい。善悪自体、すでに曖昧な概念だ」

「………了解ー」

つまり結論を先走っているという事らしい。要するに魔術も、使う者次第だという事。あまりにも当たり前な結論。

「じゃあさ」

武巳はＦＡＸを持ち上げる。

「それなら、これはどっちなんだ？」

改めて質問する。知りたいのはそこだった。

このＦＡＸが危険なのか、安全なのか、そこが重要なのだ。武巳がそんな風に尋ねると、ようやく正しい質問が来た、と言わんばかりに頷いた空目から、きっぱりと答えが返って来た。

「恐らくだが、危険だ」

「……やっぱり」

「〈祓い〉の儀式そのものは魔術師が儀式に臨む準備に過ぎないが、問題はそれを行う術者の意思の方だ。同じ儀式でも意思が違えば意味が正反対になる。不安感を煽る書き方をしている以上、明らかに害意があると見るべきだ」

　空目は断定した。稜子が急に心配そうな声を出す。

「……亜紀ちゃん、本当に大丈夫だったの？　何も変なこと無かった？」

「無いよ」

「……ほんと？」

「あんたね……」

　食い下がる稜子。亜紀は迷惑そうだ。

　相手に悪意があると言われて、突然心配になったらしい。

「ほんとに何も無い？　魔王様」

「さあな」

　空目にまで訊ねる。一蹴される。

「現時点でこのＦＡＸの主が一体どういうつもりなのか判らない以上、結論は出せない。俺はＦＡＸの内容が魔術儀式の一つに酷似していると言っただけで、偶然やこじつけである可能性も否定はできない。仮にこれが〈カバラ十字の祓い〉だったとしても、相手が魔術師なのか、それとも魔術の知識があるだけのストーカーなのかも判らない。ストーカーだったとしても、単なる悪戯で終わる程度か、実際に危険な行為に及ぶレベルなのかも特定できない」

「ええー……」

「ただの間違いFAXかも知れない。今は危険度は未知数だ。まあ――――」

空目はふ、とFAXに目を落として、

「見る限り、このFAXの送信者は受信者に対して悪意か、さもなくば何らかの歪んだ感情を持っている。それは『魔術』など関係なくとも明白だろう?」

と今までの自分の説明を一言で全て無に還した。

そんなのは『魔術』も何も、見ての通りだ。誰だってそんな事は見れば判る。武巳にだって判る。

「陛下……それはちょっと……」

「今はそれで十分だ。せいぜい戸締りに注意すればいい」

ひどく現実的な物言いをする。

「でもそれじゃあ……」

「どうした? 『魔術』についてなら、対策など無意味だぞ?」

その空目の言葉を武巳は不思議に思う。

「なんで?」

「なんでも何も――――」

空目は静かに眉を寄せると、あっさりと言い切った。

「俺は『魔術』が現実に効果があるとは、一言も言ってない」

「は………？」

一瞬、武巳は呆ける。

「俺は『魔術』を知識として知っているだけで、実践もした事がなければ魔術の効果も信じていない。その上で俺が教える『魔術』への対策など、茶番以外の何物でもないだろう」

「………」

武巳は言葉も無くす。今まで前提にしていたものを引っくり返された。

いや、確かにその通りではあるのだ。空目はあくまでもＦＡＸの内容について訊かれて思うところを論じただけで、『呪い』とか『魔術』が実在するかどうかはこの場合関係ない。これが亜紀にかけられた『呪い』かも知れないというのは、武巳の方が勝手に思い込んでいただけだ。空目の語るものの雰囲気にいつの間にか武巳が呑まれて、そんな風に思ってしまった。

「この中ではお前が一番『呪い』にかかりやすいぞ。近藤」

空目は言う。

「な、なんで？」

「『呪い』には『暗示』の側面がある。未開社会で信仰されている呪術師は、人を呪う時には必ず相手にそれが伝わるようにするんだ。そして、呪いを行っているというパフォーマンスを行う。それは儀式であったり、祈禱であったり、何でもいい。

だがそうすると、呪われている相手は不安になるな？　土地で信じられている呪術師が自分に『呪い』をかけている訳だからな。すると、その事実によって相手は『暗示』にかかる。呪いで死ぬかも知れないと思い込む。そうなると後はプラシーボ効果だ。何の効果もない偽の薬が思い込みで効果を現すように、たとえ『呪い』など存在しなくても、思い込む事で呪われた相手は本当に死ぬ」

「う……」

「いいか？　近藤。『呪い』のシステムとはこういったものだ。朴訥なのは大いに結構だが、何でもかんでも無節操に信じると存在しないものに殺されるぞ」

淡々と空目。

脅かされて絶句する武巳。

「————ふ」

途端に亜紀が吹き出した。

「あはは、『朴訥』か。確かにね。大いに結構だ……」

「なんだよぉ……」

憮然とする武巳。

「あはは、悪い悪い」

亜紀はからからと笑って立ち上がる。

「……ごめん、私も少しカリカリしすぎたね。要するに一本イタズラＦＡＸが来ただけだよ。

なんでもないから、変な心配しないで」

颯爽とした動作でバッグを肩掛けした。そういえば、もうすぐ五限も終わる。

「木戸野」

俊也が重々しく口を開いた。

「ん？」

「用心だけはしとけよ」

「判ってる」

「警戒すべきはストーカーの方だ。呪いなんぞより、人間の方がよっぽど危険なんだからな。オカルトなんかの何倍も暴漢は危険だ。現に俺の足を折った奴は、そこにいる〝神隠し〟じゃなくて、〝人間〟の方だったんだからな」

俊也はそう言って、未だに完治していない脚を叩いた。あやめが恐縮して、肩を縮める。

「ま、同感」

亜紀は、くす、と笑って見せた。

そして直後に、五限終了のチャイムが鳴った。

「……ん、それじゃ」

「うん」

そのまま亜紀は立ち去った。六限の開始まで、あと十五分だ。皆もそれぞれに、次の準備を始めている。

「よっ、と」

武巳も立ち上がった。

その時、何か妙な顔をしている空目に気が付いた。

「……ん？　陛下、どうかした？」

「いや……」

武巳は尋ねる。空目は不思議そうに眉を寄せ、深呼吸でもするように鼻で深く息をしていた。

そして目を閉じて、何か納得のいかない事を考えている様子。武巳は急に不安を感じた。

「……まさか、また何か匂うとか？」

「…………」

空目は答えない。

空目は〝この世のものでない匂い〟を嗅ぎ取るという特殊な能力を持つ人間だ。幼児期に〝神隠し〟に攫われたという異常な体験から得たこの能力は、かつてあやめの存在を空目に教え、その結果として危険な事件を引き起こす事になった。

本人の言では、それは現実の匂いと全く区別がつかないらしい。普通に存在する匂いとそう変わらないので、よほどに場違いな匂いでもしなければそれだとは気がつかない。それでも時々、明らかに奇妙な香りが空気に混じっていて、それと気付く。すると〝異界〟に属する存在が、そこに居る。

　ともかく、空目の能力は『本物』だ。

　だからこそ空目が奇妙な香りを嗅ぎ取れば、そこには必ず何かが居る。

　今までの話が話だけに、武巳は一層気味が悪く感じた。じっと注視していると、少しして、空目は言った。

「……腐臭、だな」

「え？」

「微かだが、たぶん肉の腐る匂いだ」

　気味の悪い事を言い出した。

「それから獣の匂い。犬科のものだと思うが――――ん？　違うか？」

　言いながら首を捻る。聞いている武巳の内心に、ぞーっと少しずつ、冷たい何かが広がって来る。

「あ…………〝あっち〟の匂いなのか？」

「判らん。匂いが薄すぎる」

「でも食堂じゃ、腐臭とか犬の匂いはしないだろ」

「そうとも限らん」

　空目は数秒、そうしていたが、

「―――駄目だ、拡散した」

突然そう言って、さっさと打ち切って授業に出て行ってしまった。

「え？　ちょっと……」

武巳は慌てて付いて行く。

その時は、それで終わりだった。

結局その時は、何の事なのかは判らなかった。

二章　見えざるモノの夜

1

亜紀は思う。このＦＡＸは何なのだろう？
亜紀は考える。何が楽しくてこんな事をしているのだろう？
亜紀は怒る。誰がこんな事をしているのだろう？
亜紀は覚えている。ＦＡＸを受けて、どれだけ気味が悪かったと思う？
亜紀は覚えている。はっきりと。

午前二時、あのＦＡＸが始まった途端――――亜紀は気のせいなどでは到底説明できない、異常な寒気を感じたのだ。

あんな夜中にＦＡＸを受けたのも初めてなら、たかだかＦＡＸをここまで不吉に感じたのも初めてだった。なぜ『不吉』などと感じたのか？　理由は判らない。だが部屋の温度が実際下がっていたのは確かで、一瞬の寒気の後の、あの肌に纏わり付くような冷気は、間違いなく本物だった。

あの時――――受信ボタンを押した瞬間。

部屋の空気に冷気が満ちた。

照明が心なしか暗くなった。

静かな夜が、さらに静かに。

ＦＡＸは、いやに耳障りに。

そして受信の間、亜紀は金縛りにあったように動けなくなり、次々床に堆積してゆく呪いのＦＡＸを、ずっとそのまま見つめ続けていたのだ。

最後の一枚が吐き出されるまで動けなかった。自分の身体が思い通りにならない。為す術もない。もしも体が動いたら、亜紀はその場で電話線を引き抜いていただろうに。

不愉快だった。

実に不愉快だった。

実はこの指の怪我も、そのＦＡＸで切ったのだ。ふわりと飛んで亜紀の足元に落ちた最後の一枚。それを亜紀が拾った瞬間、何かに突然、強く引っ張られたように紙が動いたのだ。

「！」

びりっ、と悪寒に近い、冷たく不快な痛みが指先から走った。

びくっ、と震えて、反射的に手を引っ込めた。

左手の人差し指の先に、最初は傷に沿って血の筋ができて、やがて大きな血の珠が浮いた。

血の珠は見る見る膨らんで壊れ、白い指を伝って流れ落ちた。

傷は鈍痛を帯び、なかなか血は止まらなかった。

だがそれでもその時は、ただの傷だった。

だが翌朝、傷は化膿して。

いま亜紀の指は――包帯で隠しているが――まるでＦＡＸのトナーのようなどす黒い色をした壊疽が、傷の周りを囲んでいるのだ。

……そして亜紀は今、自分の部屋に居る。

時間はもうすぐ二時。亜紀は電話の前に立ち、一人ＦＡＸを待っている。

なぜそんな事をしているのかと訊かれれば、うまく答える自信はない。「なぜ」という問いには『目的』と『理由』を尋ねる意味があるが、そのどちらも、亜紀自身よく判っていない。

自分でも、判らない。

ただ、今の亜紀を動かしているのは〝怒り〟であり、〝不安〟でもあり、また同時にひどく冷静な〝意思〟でもあった。少なくとも、今こうしている亜紀の心は落ち着いている。それがたとえ表面だけの事で、嵐の前の静けさだったとしてもだ。

「どうかしてる、かな……」

亜紀はひとりごちる。

そうかもしれない。だが、そんなつもりは無い。『呪いのFAX』などという都市伝説まがいの代物を信じている訳ではない。それでも何となく予感はあった。そうでなくては〝二夜目のFAX〟をこうして待つなどという無益な事はしない。

確かめなくてはならない。

対決しなくてはならない。

だが残念な事に、これは亜紀にとって『目的』でも『理由』でもない事を、亜紀自身すでにはっきりと自覚しているのだった。他人に対してそうであるように、亜紀の理性は自分自身の欺瞞(ぎまん)すら、気づかずには許さなかった。ただ、待っている。理由もなく。これが今、亜紀がこうしている事の、最も的確な説明だった。

理由を自覚できないまま、何かに操られているかのように。

亜紀はただ、FAXを待っている。

電話を見つめている。電話の前で待っている。あと数分で二時。一見平静に凪(な)いでいる感情の下、緊張の内圧が見る見る高まって行くのが判る。

心臓か胃の辺りがきゅうと締め上げられて、深呼吸がひどく痛い。
認めたくなかったが、微かに自分が震えているのを亜紀は感じていた。
一時五十九分。ちか、ちか、とデジタルの表示が点滅し、秒を刻んでいる。
ちか、ちか、ちか、
「……」
渇ききった喉で、空気を嚥下(えんげ)する。
ちか、ちか、
「……」
あと十秒。
あと五秒。
三秒。
二。
一。

　　　――――二時。

瞬間、静寂を引き裂いて高らかに電話が鳴り響いた。

「！」

びくっ、と全身で飛び上がった。大きな電子音が鼓膜と神経を叩いた瞬間、覚悟はしていたのに、いや、その覚悟が仇になって、引き絞ったバネが弾けたように、肝を潰してしまった。

「……………っ！」

忌々しい。ばくばくと鳴る胸に強く手を当てて、動揺を押し殺す。

試みは成功はしなかったが、何とか自分だけは取り戻す。踏み止まって、電子音をがなり立てながらランプを灯す、目の前の機械を睨む。

やはり、来たのだ。〝二夜目のＦＡＸ〟が。

自分の呼吸音が煩い。震える自分の手に苛立ちながら、手を伸ばして、『受信』ボタンを押す。

機械はなかなか動き出さない。昨日と同じだ。

溜めが長いのは、送信されて来た情報量が大きいという証拠。たとえば枚数が多いとこうなる事を、田舎で使っていた亜紀は知っている。さあ、今度は何が送られて来るのだろう？　今度は何が起こるのだろう？

……ヴ…………

微かに機械が動く。

「痛っ……！」

その途端、亜紀は顔を顰めた。

機械の稼動と同時に突然指の傷が割れ、まるで傷口を吸われているかのような熱っぽい痛みが指先を襲い始めたのだ。出血で見る見る包帯が赤く染まった。それに伴って部屋を照らしている電灯が、見る見る明度を下げた。

そして、それに呼応するように、ＦＡＸは低い、耳障りな音を立て始めた。


……ぶぶ……ぶぶぶぶ…………


機械が静かに振動する。低い音が、部屋の静寂に響く。

その音はただ印刷した紙を送り出す音だったが、その時の亜紀には、ひどく厭らしい音に感じられた。軋みのような、あるいは昆虫の羽音のような忌まわしい音を立てて、ずるずる、ずるずると、機械から感熱紙が這い出してきた。

ぬらぬらと光る、感熱紙の表面が生き物のように波打つ。

ぶるぶると微かに震えながら、ＦＡＸから悍しい落とし仔が産み落とされる。

最初に、大きな五芒星(ごぼうせい)が顔を出した。不正確な五芒星は逆さまで、中央に小さな十字架が描かれていた。

その図形は用紙の右に寄せた位置に描かれていて、空いた左の空白には、アルファベットが書かれていた。殴り書きされていた。それはどこかで見た事のある、殴り書きの、読めない、羅列だった。

一夜目の、あの呪文のような殴り書きと同じだった。

その呪文が添えられて、五芒星が一枚ずつ、吐き出されて来るのだった。

ぶぶぶぶぶ……


――Yyeoddl/Heeh/Vuavvf/Heeh/

ぱさ、と一枚目が床に落ちる。

ぶぶぶぶぶ……


――uAaaaa/Doooo/Naaaa/Yiiiii/

二枚目が、床に落ちる。

ぶぶぶぶぶぶぶ……

——EyieeE/Heeh/Yiiii/Yyyei

三枚目が、床に。
ぶぶ……

——AAAAAa/Gyu/ra…………

……ぶぶぶ………ぶぶぶぶぶぶ…………

亜紀はそれらの吐き出される不快な音を聞きながら、部屋の空気が、どんどん別物に変わって行くのを感じていた。

ＦＡＸの音が一枚、また一枚と紙を送り出して空気を震わせるたび、まるでその微細な振動で分解されているかのように、空気が異質なものに変化して行った。部屋の雰囲気が変わって行く。生活感が分解され、徐々に室内に、神殿めいた空虚な静謐(せいひつ)が広がって行く。見る間に自分の部屋が自分の物では無くなって行く。亜紀は一歩も動けぬまま——薄暗い時間が過ぎ——そして全てが終わった時には、もはやその場所は、元の亜紀の部屋とは別の物になっていた。

外見こそ同じだったが、もはやどこにも亜紀の匂いは残っていなかった。

部屋の見えない何かが書き換えられていた。

「…………」

後には、猛烈な疲労感だけが残っていた。

そして何故か、空気に残っている、微かな——獣の匂い。

…………

2

廊下で数人の教師とすれ違った。何やらばたばたと走り回っている。

そう言えば校庭にも先生が居たような気がする。

今日の学校は何だか慌ただしい。

「……はぁー」

視聴覚室に向かいながら、始業前から稜子は溜息を吐いていた。

どんよりと曇った空の所為とか、そういった乙女な理由では無い。もっと現実的な理由
――一限の授業が会話英語だからだ。

壊滅的に数学が苦手な稜子としては、文系コースの選択には余地が無い。数学を受けなくても良くなったのは有難いが、実は英語がその次くらいに苦手なので、必修とはいえ朝から外国人教師の授業を受けるのは、気が重い話だった。

その授業中は英語以外の使用は認められないルール。

身になるのは確かだろうが、それは緊張感を通り越して苦痛ですらある。

願わくば、文系からは英語も外して欲しいと稜子は思う。稜子に言わせれば、英語の構文は数学や化学の公式と同じようなものだ。

「――おはよー、稜子ちゃん」

階段を上がっていると、授業友達に声をかけられた。

「あ、トモちゃん、おはよ」

その背の高い少女、赤木友は音楽の授業で知り合った友達だった。称して『トモちゃん』。

今日は確か、同じ一限を取っている筈だ。

「LL教室だよね?」

「うん」

自然と並んで歩き出す。視聴覚室は四階だ。朝の眠気もあって、しばらく二人とも黙っている。お互い朝は弱い方だ。

「……ねえ、トモちゃん」

特に話題はなかったが、ふと思い立って稜子は言った。

「うん？」

「今日は先生がバタバタしてるねえ」

「……うん、なんか野犬が出たとか言ってたよ」

「あ、なるほど」

「夏だからねー」

聖学付属は敷地が山林の中にあるので、学校に野犬が入り込む事は珍しくない。襲われる事はまず無いが、それでも年に一度くらいは咬まれる生徒が出る。教師が警戒しているところを見ると、もしかすると誰か咬まれたのかも知れない。そうでなければ、複数の野犬が入り込んだとか。

「誰か咬まれたの？」

稜子は訊く。

「そうらしいよ」

トモは急に楽しそうな顔になる。

「古典のね、柳川が咬まれたって」

「え？　ホントに？」

「ほんと、ほんと。柳川だったら『ざまあ見ろ』って感じよね」

「大丈夫かなあ？」

「大した事ないみたいだよ。いっそ入院でもしてくれたら有難いんだけどね！」

自業自得だっつーの、あけすけな物言いに稜子は苦笑する。そこまで言う気は無いが、正直稜子も柳川の授業を受けずに済むなら助かるとは思うのだった。ただでさえ苦痛な授業というのは多いのだから。

「うーん……ちょっとだけ賛成かな」

稜子はポツリと言う。

トモが笑った。

「おやおや、いい子ちゃんの本音が出たな」

＊

視聴覚室に入って、最初に稜子は絶句する事になった。

亜紀の姿を見かけた稜子は最初に驚き、続けてこう言わざるを得なかったのだ。

「亜紀ちゃん…………大丈夫……？」

簡単なメイクで隠そうとはしていたが、それでも見る者が見れば隠しようの無い程の隈が、亜紀の目の下にはっきりと見て取れたのだ。

「……やっぱり判るか」

微かに苦笑する亜紀。

「うん」

稜子は頷く。

「上手く誤魔化してるとは思うけど……でもよく見れば判るよ。その辺の男の子なら判んないかも知れないけど」

「そっか」

取り出した鏡を、物憂げな表情で亜紀は覗いた。その明らかに生気を欠いた姿に、稜子の心はみるみる不安に曇った。

「……やっぱり来たんだ。〝二日目〟」

「ん？　……ん、まあね」

亜紀の返答は微妙に歯切れが悪い。

「何かあったの？」

「いや、大丈夫。何でもないよ」

「何でもないわけ無いじゃない――――」

亜紀との付き合いは一日二日のものでは無い。取り繕ってはいたが、亜紀は間違いなく何かを隠していた。

「亜紀ちゃん……」

「何でもない。少しムカついて、朝まで寝られなかっただけだよ」

「……本当にそれだけ？」

「それだけだって……ほら、昨日来たやつも持ってきた。見る？」

稜子は取り敢えず頷く。

信じる訳では無かったが、ここで性急になると臍を曲げられる怖れがあった。一年かけて学んだ事だが、亜紀は感情を向けられるのが嫌いだ。感情的な相手には感情で反発して来る。稜子では上手く対応できない。

ここは空目か俊也が来るまで、待った方が得策だ。

ただ亜紀が取り出したＦＡＸを見た途端、結局そんな計算も吹っ飛んでしまったのだが。ＦＡＸを一目見て、稜子は小さく悲鳴を上げた。

「わっ……」

十字架を内包した逆五芒星。

脇に書かれた得体の知れない文字。

一夜目のような無秩序の不気味さは減少していたが、その明らかなオカルトの匂いはひどく稜子の神経に障った。それは空目から聞いた予備知識が原因の予断かも知れなかったが、その極めて魔術的な文面はもはや禍々しくさえ見えた。これは間違いなく亜紀を害するものだと、少なくとも稜子にとっては確信するに足りた。

「亜紀ちゃん……やっぱり非通知電話、止めてもらおうよ」

「ん？ んー……そだね、そのうちにね」

亜紀が、ふ、と目を逸らす。その誤魔化すような対応に、稜子は激しい違和感を覚える。

「……亜紀ちゃん！」

稜子が思わず強い調子で言いかけた、その瞬間――

ぽん、といきなり左肩を叩かれて、

「え？」

と振り向いた隙に手に持っていた『呪いのＦＡＸ』の束が、右側から素早く取り上げられた。

「え？ あれっ？」

慌てて見回すと、稜子の後ろに黒ずくめが立っていた。

稜子を見て、ひとつ頷く。

「魔王様……」

しばし呆然として、やがて「止められた」と気が付いた。危なかったのだ。一瞬我を忘れていた。感情的になりかけていた。ほっと胸を撫で下ろすと同時に、完全に見抜かれていた恥ずかしさで、ちょっとだけ顔が紅潮した。

「――逆五芒星か」

ＦＡＸを一瞥して、空目は言った。

「……おはよ、恭の字」

「ああ」

亜紀の挨拶に、空目はいつものように一言返す。

そしてほんの少しだけ眉を顰めた。亜紀がそれに気付く。

「逆五芒星には、何か特別な意味でもあるの？」

「黒魔術師のシンボルと言われているな。闇や悪を志向する象徴として用いられるらしい。解ってやっているなら相当徹底しているな」

空目はいつもの調子で答える。それでもその口調の裏に、相手がそれと知ってやっていると前提にしている事は、ありありと窺えた。

「十三枚。一夜目と数は同じだな」

「ん」

「筆跡も……同じものに見えるな。小文字のAは特徴が出る」

聞いていた稜子は思わず舌を巻く。一夜目の段階で、すでにそんな所までチェックしていたらしい。

稜子は訊ねる。

「どう思う……？　魔王様」

「……」

空目は答えず、FAXを眺めている。

「ねえ、魔王様ってば……」

稜子の再度の呼びかけに、空目はようやく顔を上げた。

そしてFAXを机に置くと、突然、静かながらも断定的に言った。

「……大雑把にだが、『呪いのFAX』の全体像が見えた。これならストーカーなどの変質者である説は否定しても構わないだろう。予想が正しければ、当面の間はこの犯人が実力行使に出る恐れは少ない」

「え――――？」

稜子は思わず間抜けな声を出す。結論が飛躍していた。どういう思考の結果、その結論に至ったのか見当も付かなかった。

「……恭の字、どういう事？」

亜紀の表情も不可解そうだ。どうやら稜子の理解力だけが特別追い付かなかったという訳では無さそうだ。

空目が答える。

「俺が『呪いのＦＡＸ』を見て、まず最初に危惧していたのは、木戸野に恨みないし害意を持っている単独の誰か、あるいは複数犯がいて、それが一人暮らしの木戸野に物理的に危害を加えるという恐れだった」

「！」

稜子が息を呑んだ。確かにそうだ。考えが及ばなかった。

「だがそうである確率は少なくなった。その点では少しだが安心していい」

「え、何でそんな事、判るの？」

動揺したまま稜子が問う。空目は事も無げに答える。

「このＦＡＸが、かなり正確に魔術知識に則っているからだ」

「え、どういうこと……？」

だがその答えでは、稜子は理解まで行かない。

「つまり――――このＦＡＸがこのレベルまで正確に魔術の知識に則っているという事は、このＦＡＸの目的が何であれ、この犯人が全く魔術の効果を信じていない、あるいは期待していないとは考え難いからだ」

亜紀はそこで「ああ、なるほどね……」と頷いた。稜子はまだ解らない。それを見て空目は続ける。

「まずこれが噂通りの『呪いのFAX』だった場合。この場合に変質者がほぼ有り得ないのは理解できるか？」

「え、えーと……」

「変質者が木戸野に何か送って来るにしても、チェーンメールは無いだろう」

「あ、そうか……うん、そうだよね……」

「普通に考えるならチェーンメールを送る理由は、それを信じているか、送る相手への嫌がらせだ。さっきも言ったように、俺が危惧していたのは、恨みか悪ふざけかで木戸野を直接狙っている犯人がいる事だった。ただの突発的な嫌がらせならまだいいが、二日目が行われたのを見るに、どうも相手は少なくともそれなりに本気で木戸野に何かをしようという意思があるようだ。わざわざFAXを送り、それが『魔術』を模しているとなると——そこで重要になるのは、相手がどこまで『魔術』に対して本気かという事になる」

「……」

その辺がちょっと解らない。

「まずデタラメであるとする。実はこれが一番危険で、『呪いのFAX』という形で木戸野を不安に陥れる事が目的である公算が高く、いずれ実力行使に出る可能性が高い。『呪い』の効果を信じていない以上、自分で物理的に手を下すつもりがある、という事だ」

「……うん」

「そしてＦＡＸが『魔術』として極めて正確である場合。これは『魔術』が効果を表す事に対して犯人が期待を持っている可能性が高い。つまりわざわざ呪殺しようとする以上、犯人は直接的行動に出る気が基本的には無いと判断していい。行動に出たとしても、それは『魔術』が効果を表さなかった場合の最終手段だ。少なくとも『呪いの七夜』が終了するまで、犯人が実際の行動に出る事は無い」

「あ、そっか」

「これが、俺が『魔術』への本気度を問題にする理由だ。そして、以上の理由から俺はこのＦＡＸの送信主が、最初から木戸野に直接何かをするつもりの変質者である説を否定する。つまりこのＦＡＸは、悪戯かチェーンメールか、さもなくば本気で何らかの『魔術』を木戸野にかけようとしている馬鹿である可能性が高い。仮にこの結論が誤りでも、七夜目が終わるまで木戸野がどうこうされる可能性は少ない」

解ったか？　という表情で空目は稜子を見る。

まだ多少混乱はしていたが、稜子は取り敢えず頷いた。

「以上だ」

空目は締めくくる。もはや問題はない、と言わんばかりだった。

しかし——稜子が最初から持っていた懸念については、空目は全く答えなかったし話題にもしなかった。空目も、亜紀もだ。こちらの可能性については、全く触れない。それが稜子には信じられない。

「……ねえ、魔王様」

稜子は言う。

「ん？」

「『呪いのFAX』が本物の呪いだって可能性は——？」

稜子の懸念は、それだった。

空目が言うからには、ストーカーとか変質者の可能性は低いのだろう。しかし稜子は実は、頭からそちらの心配はしていなかった。

ただ、〝不幸の手紙〟も、全く根拠のない話なのだろうか？

本当に〝呪い〟は、存在しないのか？

稜子が恐れているのは、亜紀がFAXの呪いでどうにかなる事であり、空目のように便乗犯や変質者などという事態は最初から考えていなかったのだ。空目に言われて気が付いたくらいだ。稜子の目には、FAXを受け取った日から亜紀の様子が明らかに変に見え、それが〝呪い〟ではないのかという疑念を、最初から強く持っていたのだった。

「不明だ」

その稜子の問いへの、空目の答えは簡潔だった。

「これって本当に『魔術』なんでしょ？　もしかしたら本当に効果があるかも知れないよね。どうにかならないの？」

「ならない。現状では何も言えないし、何もできない」

空目の答えは素っ気ない。稜子は少しだけ、むっとなる。

「何で？」

問われた空目は、ふと視線を移した。そして、

「……木戸野。このＦＡＸが来てから何か不審な事はあったか？」

亜紀にそう訊いた。

「無いよ」

亜紀の答えも素っ気なかった。

「……というわけだ。本人に何も無い以上、『魔術』の実在は証明できず、判断もできない。騒ぐのは軽率だ」

「そんな……！」

「俺は目の前で起こっていない事は信用しない。予測と妄想は区別して考えろ。ありもしない現象を心配して恐怖するのは愚の骨頂だ。現時点では、日下部のそれは〝杞国の憂〟だ」

うぐ、と稜子は継ぐ言葉が無くなる。亜紀は何か隠していると思ったが、本人の前でそれを

言うのは憚られた。

「じゃ、じゃあさ、もし本当に何か起こると仮定したら………その時に何が起こるか、そのFAXから何か判らない？」

仕方なく、それでも食い下がって、稜子は質問を変える。

稜子にとっては起死回生を狙った質問だ。それでも空目は首を横に振る。

「だから現段階では不明だと言ってるんだ。『呪いのFAX』の概要は判ったが、肝心の部分にまだ達していない。三夜目が来れば少しは判るかも知れないが、今の段階ではFAXの目的は全く不明だ」

「……概要？」

「『魔術』儀式の順番だ」

空目は言った。

「この二夜目のFAXの内容は、恐らく〈五芒星の儀式〉などと呼ばれる、〝場〟を〈聖別〉するための儀式を模したものだ。魔術師は『魔術』の儀式の前に、まず準備として身を清め、次に儀式の〝場〟を清める。一夜目の〈カバラ十字の祓い〉で身を清め、この〈五芒星の儀式〉で儀式に使う場を清める。二夜目のFAXは四枚一組になっている。それぞれ上下左右に五芒星の図が寄っているが、〈五芒星の儀式〉でも同じように東西南北に五芒星をイメージして、浄化して結界を張る」

言いながら空目はもう一度ＦＡＸを取り上げて、並べて見せた。

「最初の一枚は星が右に寄っている。これは東だ。儀礼もまずは東から始める。次は下、つまり南。それから西、北の順番で五芒星を切る。逆五芒星は全て右上の頂点が切れている。これは引っくり返すと五芒星の左下の頂点に当たり、ここから描き始めるのは〈召喚〉の五芒星だ。どの頂点から描き始めるかで五芒星は全てその意味と用途が変わる」

空目は『剣印』を作って、宙に五芒星を描いて見せる。

それから並べていた紙を、四方形に並べ直す。

「四枚綴りで三組あるのは数を十三枚に揃えるためと、それぞれの組で意味が違うためだ。一組目が呪文。二組目がそれぞれの方角の守護天使。三組目が方角を司る火風地水の四大元素を示す」

空目は組にして並べ直したＦＡＸを臨むように立つ。

そして、

「儀式では東を向き、四方に五芒星が燃え上がるのをイメージして、こう唱える」

空目は続けて呟くように、唱えた。

「『我が前にラファエル、我が後ろにガブリエル、我が右手にミカエル、我が左手にウリエル――――』」

「！」

途端に稜子は、背筋が寒くなった。低い、低い、その抑揚に乏しい空目の呟きは、静かに空気を震わせ、あたかも本物の魔術師が唱える呪文と錯覚させるほど冷たく空気に流れたのだ。

それは低い小声でありながら明確に発音され、単なるデモンストレーションだと理解していても寒気を誘う。空目は続ける。呪文を唱えながら、対応する『呪いのＦＡＸ』を、順番に指し示す。

「『我が四方に五芒星、炎を上げ――――』」

唱えつつ、空目は四枚綴りの十二枚を指す。

「『――我が頭上に六芒星、輝けり』」

それから傍に除けていた十三枚目を、取り上げる。

そして並べた十二枚に被せるように、真ん中へ置いた。十三枚目に描かれているのは四枚組になっている他の紙とは違い、中央に一つ、六芒星。

「……これで〈聖別〉が行われた。召喚の五芒星で天使を召喚し、儀式のための場を清めた。ここまでで〈祓い〉と〈聖別〉。だとすると、もう次のＦＡＸの内容が予想できる。次は悪魔を呼び出す〈召喚〉儀式だ。天使によって清め守られ、言う事を聞かせるだけの準備を整えた場の中に、悪魔を呼び出す手番だ」

そうして手を下ろすと、空目は言った。

「基本的な魔術儀式は七手順で行われる。〈祓い〉〈聖別〉〈召喚〉、その次は悪魔に願望を伝える〈命令〉が来る。次に役目を終えた悪魔を〈退去〉させて、次に儀式場とした結界を〈破棄〉。最後に儀式終了の〈カバラ十字の祓い〉を行って儀式の痕跡を消し去る。これできっかり七夜。予想通りなら『魔術』の基本手順に極めて忠実なこれが、『呪いのＦＡＸ』の全容になる」

そう空目。淡々としていて、落ちていた石ころの色形でも説明しているかのような空目の言い様だったが、それは間違い無く核心で、稜子は戦慄した。

「それじゃあ……」

声が少し震えた。

「それじゃ、やっぱり……！」

空目は面白くもなさそうに首肯した。

「ああ、予想が正しければ、これはチェーンメールを装った『魔術儀式』だ」

稜子の懸念が肯定された。

「やっぱり本物の『呪い』なんだ……」

「実際に『呪いのＦＡＸ』がこれだったのか、『呪いのＦＡＸ』の噂に魔術儀式を嵌め込んだか、それとも完全に単なる偶然なのかは判らないが、良く考えてある。誰が考えたのかは知らないがご苦労な事だ」

呻くような稜子に、空目は呆れたのか感心したのか、いまいち判断の付かない息を吐いた。

「だがともかく、それが判ったところで何もできない」

「……」

「できるとすれば、木戸野にFAXを受け取らないよう、せいぜい強く言い含めておくくらいの事だな」

その亜紀は、どこかぼんやりと遠くを見ていた。

「亜紀ちゃん……」

チャイムが鳴った。

稜子の不安など構わずに、今日もいつも通りに、日常は始まる。

3

むっと雨の匂いが鼻を突いた。

不安から始まった一日も半分以上が過ぎ、四限が終わって武巳が外に出ると、予報の通り、外は雨になっていた。

空は朝からどんよりと曇っていたので、銀糸がしたしたと降り注ぐ様を見ても、そう驚くには値しない。時折「うわー」などと悲鳴のような声も聞こえるが、うっかり傘を忘れたか、さもなくば物凄(ものすご)く雨が嫌いな生徒に違いない。

武巳は幸い、そのどちらでも無かった。

雨そのものは、武巳はそう嫌いでは無い。

だが、それでも夏のさなかに部室に閉じ籠るのは鬱陶しいもので、気温は下がれども湿気が増え、外に出られない事も考え合わせると功罪は相殺だ。床も汚れるので掃除も大変だ。確認していないが今日の部室掃除の当番が自分でない事を、武巳は心から祈らずにはいられない。

夏も雨も、見るだけに限る。

結局武巳も、渡り廊下に出てしまえば、悲鳴を上げるしか無い。

「うわー……やっぱり降ってるよ」

誰も武巳の悲鳴に応えなかったが、反対する者も同じく無かった。雨はすっかり本降りで、うっすら地面を覆った水に敷石が浮いているような状態だ。

渡り廊下は体育館止まりで、残念ながらクラブ棟までは通じていない。雨の中結構な距離を歩かなくては、部室までたどり着けない。俊也に至っては今は松葉杖なのだから、雨はさぞや憂鬱だろう。

「傘も雨合羽も同じくらい不便」

俊也の言である。

人間の都合などお構いなしに雨は、ひたすら気持ち良さそうに、したした、したしたと、地上のあらゆる物を濡らしながら、降り注いでいる。

……そんな雨のけぶる中、あやめは空目を待っていた。

しっとり濡れた、くすんだ緋色の傘を差し、鮮やかに濡れた緑を背にして、あやめは静かに立っていた。

麗姿。

その姿はあまりにも自然で、完全に景色へと溶け込み、これほど目を引く姿でありながら、それでもなお注視しなければ見逃してしまいそうになる。少女はどこまでもこの景色の一部であり、こうして立つ姿を見るたびに、武巳達とは存在を異にする者だと、少しだけ思い出させる。

あやめはいつも、こうして空目を待っている。

あやめは授業が始まると何処へともなく姿を消す。そして空目が校舎から出て来ると、忠犬よろしく出口に控えて待っている。

「空目が教室で変死したら、西側口には銅像が立つな」

俊也など真顔で言ったものだ。

出てきた空目に駆け寄って、傘を差し出すあやめの健気な姿を見ると、それがあながち冗談とも思えなくなる。

「忠犬か」

その時の俊也の真顔の冗談に、空目は確かこう応えたと思う。

「なるほど、言い得て妙だ」

本気なら、あまりにも浮かばれない。

＊

渡り廊下に、点々と黒く水の跡が付いている。

何かと思えば、それは犬の足跡だった。

「この辺にも居るのか……」

俊也が呟く。ぐるり見回せば、ちらほらと同じような足跡がコンクリートに染みている。

「……近いかな？」

辺りを見回したが、特に野犬の気配は無かった。

武巳は取り敢えず安心する。

…………

現在校内は、野犬注意報の真っ只中だ。一限の最中に、各教室に生活指導の先生が回って来て、野犬が敷地内に入ったので、できる限り一人で歩かないようにと通達があったのだ。

校舎の中にも入って来ていたので、くれぐれも注意するようにとの事だった。咬まれた人がいるとも言っていたが、それが〝古典の柳川〟だという事はとうの昔に知れ渡っている。

『危険なので、見つけても触ったりしないように』

先生はそう言い、それを聞いた武巳は「小学生じゃないんだから」と一瞬思ったものだ。だがよくよく考えてみれば、高校生はそれくらいの事はやる。なるほど武巳は納得する。教師が不信をライフワークにする訳だ。

「……」

ふと見ると、空目が少し不審そうにしていた。

「ん？　陛下、どうかした？」

「思ったよりも足跡が小さい」

武巳が訊ねると、空目は渡り廊下のコンクリートに付いた足跡を見下ろしたまま、少し目を細めてそう言った。

「せいぜい仔犬(こいぬ)だぞ。これは。これほどの警戒を要するものには見えない」

「言われてみれば……」

武巳も首を傾げる。

見れば確かにその通りなのだ。実家で犬を飼っている武巳の見立てでも、足跡の大きさ、歩幅など、どこを取っても成犬には程遠く思える。想像する限りでは、猫よりも小さい。

「でも柳川だろ？　あいつなら仔犬にだって咬まれるんじゃないか？」

それでも武巳は、何となくそう言う。柳川が仔犬に襲われるというのは割と面白い状態に思える。ムクムクの仔犬に咬まれて悲鳴を上げる柳川の姿は、目に浮かぶようで結構笑える。

「むしろ襲われそう」

はは、と自分で言って自分で笑ってしまったが、上がった笑い声は武巳一人だけのものだった。あれ？　と見回す武巳。亜紀と俊也が苦笑気味にしているので、察するに全く面白くない訳では無いようだが、こういう時にいつもノってくれる稜子が全く無反応なのは、少々寂しかった。

「…………」

稜子は黙っていた。

思えば朝から塞ぎ気味だった。

しかも今日は時間が経つごとに少しずつ表情が暗くなり、顔色が悪くなって行っていた気がする。それでも話しかけると笑顔が返って来た。さっきまでそうだった。だが今、稜子はひどくショックを受けた顔をして、廊下に滲んでいる犬の足跡を、じっと見つめていた。

半分腰が引け、後じさるような格好で立ち尽くしていた。

どう見ても普通では無い。

「⁉　え……えーっと……」

武巳は泡を食う。何かまずい事でもしただろうか、とまず自分を疑った。

何か気に障る事でも言ってしまっただろうか？　しかし思い当たらないので、武巳は慌てた様子で訊ねる。

「稜子、どうかした？　大丈夫か？」

「……違うの」

そんな武巳と目が合った途端、稜子は泣きそうな顔になった。

今日、ずっと何かに耐えていたのが、たったいま限界に達したような。武巳は狼狽する。

そんな稜子は口を開き、ひどく心細い声で、こう言った。

「ね……亜紀ちゃん……やっぱり危ないよ……」

「⁉」

皆の緊張と心配の表情に、困惑が混じった。意味が解らなかった。名指しされた亜紀も同様で、不審そうな顔で稜子を見ていた。

「あんた何言って……」

「わたし、思い出しちゃったよ」

だが稜子は言った。

「十叶先輩の言ってた………〝狗(イヌ)〟……」

「！」

武巳には意味が判らないその言葉。しかしその言葉を聞くと同時に、亜紀の表情が強く苦々しいものに変わった。

「……稜子っ！」

強い調子で制止する。だが稜子は聞かず、言い募る。

「ね、亜紀ちゃん、あれって、きっとこの事だよ………きっとそうだよ。『呪いのＦＡＸ』が、〝狗〟を呼んだんだよ……」

「稜子、黙んな」

「だってそうでしょ？ それ以外考えられないじゃない」

「やめな、って言ってる。馬鹿馬鹿しい」

亜紀の声が低くなった。

「それ以上言ったら怒るよ」

本気の目だった。それでも稜子は、かぶりを振る。そして稜子は、亜紀へ、そして皆に向けて、自分が溜(た)め込(こ)んでいたものを、明かすようにして話し始めた。

「今日ね、みんな言ってるの……」

「何を」

「犬がいる、って。今日、授業中に犬の唸り声がするって騒ぎになったの。友達のトモちゃんもロッカー開けたら、動物の匂いがしたって言ってた」

「そ。知ってるよ。だから先生どもが走り回ってるんでしょ」

「それだけじゃないよ。他にも犬の息づかいが聞こえたとか、足の間を何かがくぐったとか、いろんな人が言ってるの。ずっと朝から、いろんな人から聞いてる。いろんな人が学校で犬の気配がするって。すごくたくさんの人が、みんな」

「それが何？」

「なのに、なのにね――」


やっぱり変だよ。こんなに学校中で犬の気配がしてて、足跡まであるのに、犬そのものは誰も見てないんだよ？」

「!?」


ぞっ、と武巳の背筋に悪寒が走った。

「たくさん話を聞いてるうちに気が付いたの。生徒もね、先生も――学校中犬を捜し回った先生も――誰も犬、見てないんだよ？　みんな犬の〝気配〟は感じてるのに〝姿〟は誰も見てないの。そんな事あるわけ無いじゃない、おかしいよ……絶対これ、普通じゃないよ……」

耐えかねたように、ぼろぼろと稜子は泣き出す。

稜子の社交性と交友関係の広さは、この文芸部では頭ひとつどころではなく抜けている。

むしろ社交性が低い部類に入る他の面々が全く知らない、気にもかけない、学校の生の情報が、稜子には広い雑談を通してリアルタイムに入って来る。学校で起こっている事件。皆が話している噂話。トレンド。そしてそれらの大量の情報が、一つの奇妙な事実を浮かび上がらせ

——さらに空目を中心にした文芸部という特殊な集団から引き出される知識と、個人的に気にかけている亜紀の事情が組み合わさって、稜子はとうとう、気付いてしまったのだ。

いま学校に〝見えない狗〟が居る。

それは亜紀と、『呪いのFAX』に関係している。

事実であるかは問題では無い。むしろ自分でも理屈では疑っている。だが気づいてからはずっと不安だったのだろう。話し終えた稜子はすでに、堰を切ったように、涙が止まらなくなっていた。

「…………ぜったい変だよお……」

さすがの空目も人目を気にしたのか、部室へ、と目線で合図した。

苛立たしげな顔をした亜紀が、それでも稜子の手を引いて部室へ連れて行く。男三人はその後に、ゆっくりと続く。

そして亜紀と稜子がある程度離れると、いつの間にかさらに後ろに続いていたあやめが、とと、と小走りで空目に追い付いて、おずおずと話しかけた。

「……あの…………」

「分かってる。匂いがひどい。で——〝視えた〟か？」

「あ……はい……形は犬みたいに見えましたけど、多分違います。もっと小さな獣です。色は黒くて」

ん？　と武巳はその会話を聞き咎めた。

「……そうか。村神は気づいたか？」

「ああ」

「気にしない方がいい」

「判ってる」

三人は完全に武巳を無視して会話を交わす。武巳は思わず口を挟んだ。

「な、なあ、犬がどうしたって？」

言った途端、三人は武巳を一瞥し、口を噤む。

前にもこんな事があったような気がした。どうやら武巳は空目達の中ではそういうキャラクターのようで、三人からは「こいつに話して大丈夫だろうか」という空気が如実に伝わって来た。俊也などは露骨に不信の表情をしている。信用が無い。

俊也が訊ねた。

「……どうする？」

「構わん。知っておくべきだろう」

「そうか」

空目が言うなら、と俊也も口を開く。だがまず武巳が最初に聞かされたのは、警告だった。

「いいか？ 何を見ても大声を出さないようにしろ」

「え？」

「それから、見た事は誰にも言うな。特に木戸野や日下部には、気取られるのも避けろ。態度に出すな。いつも通りに振る舞え。できるか？」

そこまで言われると少々自信が無いが、ここで仲間外れにされるのも嫌なので、武巳はとりあえず頷く事にした。

「あ、ああ……」

「よし。じゃあ右前方の茂み、そのちょっと手前の辺りの地面を見ろ。キンモクセイって札の掛かってる辺りだ。そう、根元じゃなくて、一段低くなって、完全に水浸しになってる、あの辺り」

武巳が頷いたのを確認すると、俊也はそう言って地面を指差した。

亜紀と稜子が前に居て、その後ろ、武巳達との、ちょうど中間あたりの位置だ。

何も無い地面に、俊也の指示に従って武巳は目を凝らす。

何も無い。

「よーく見ろ。注意しないと見逃すぞ」

そう言われても何も見えない。ただ、そこには一面に水が溜まって、降りしきる雨によって、無数の波紋が浮かんでは消え、しているだけだった。

そう、波紋が――――

「……!?」

その一瞬、その波紋の中におかしなものが混じった。

雨の波紋とは違う、もっと大きな別の波紋が、続けざまに水面に現れたのだ。

そこには何もいないのに、明らかに水面が、何かに乱された。ぴしゃぴしゃと連続して、明らかに何かの意思をもって、何か足のあるモノが走って、水溜り(みずたま)りを真っ直ぐに横切ったのだ。

見えない何かが。

ただ水溜りを横切る波紋だけが。見えない動物が確かにそこに居て、水溜りの中を走って横切ったとしか言いようの無い、異様な現象が。

「…………ええ!?」

「声出すなって言ったろ」

驚く武巳の頭を、俊也がはたく。

「いてっ！　で……でもあれ……」

「ああ」

武巳の指差す先で、その何かは今も動いていて、亜紀と稜子を遠巻きにするような位置で移動している。

「そう、あれだ」

俊也は頷いた。そうしている間に、波紋はさらに速度を上げて、渡り廊下に急接近した。そして素早く渡り廊下を横切った。

コンクリートの表面に、水に濡れた足跡が付いた。

たたたっ、とそこに姿は見えず、ただ濃い灰色の足跡だけが、一直線に廊下に押印された。小さな獣の足跡だった。

武巳たちが先程見ていたのと、同じものだった。慌てて周囲を見回す武巳。気のせいだろうか、渡り廊下に付いている、あの足跡の数が、先程より増えているような気がする。

「………！」

「気にするな」

立ち止まって硬直する武巳に、空目が言った。

「この事を憶えておけ。その上で、何も無かった事にしろ」

平然とした顔で無茶な事を言う。

「陛下……あれは……」

「まだ判らん。今は忘れろ」

そう空目。

「行くぞ。ぐずぐずしてると、木戸野に気取られるぞ」

「あ……ああ、分かった……」

掠(かす)れた声で武巳。話はそれまでになった。

歩き出す三人に、ぎくしゃくと武巳は着いて行く。ちら、とそんな武巳をあやめが一瞬振り返り、その後、小走りに空目に続く。

「…………」


ここには、見えない犬が居る。

おそらくそれは、学校中に。何匹も、何匹も、そこら中に。

どこからか〝見えない犬〟は学校に湧き出し、そこかしこをうろついている。

武巳は気味悪そうに後ろを振り返る。その景色は、もういつもと同じものには見えなくなっていた。

4

…………

……ひたひた、

ひたひたひたひた、

部室で皆が稜子を宥めている間じゅう、俊也の耳にはずっと廊下から響いて来る微かな足音が聞こえていた。

小さな、四足歩行の、濡れた足音。

多分、皆は気づいていまい。ほんの小さな足音だ。

だが誰も気づかない以上、俊也としては何も言うつもりは無い。

「落ち着いたか？」

何食わぬ顔で訊くと、稜子は目は赤いものの、しっかりと頷いて返した。

「うん、もう大丈夫。ごめんね……」

「いや」

俊也は意味もなく床に目を落とす。自分で振っておきながら何だが、こういう事態はあまり得意ではなかった。泣く女は苦手なのだ。

床は雨水と泥の混合物で湿っていて、黒い靴跡が無数に付いている。俊也はその中に、ふと小さな犬の足跡が混じっているのを見付けた。

一瞬だけ、僅かに表情の端が強張る。しかしすぐに平静を装い、気付かれないように足跡を踏み消す。パイプ椅子が、姿勢の変化でぎしりと鳴る。どうやらここも、決して安全とは言い難いらしい。

「……ちっ」

様々な理由で浮き出す汗を、俊也は掌でぐいと拭った。

密室状態の部室は少々蒸す。広くも狭くもない部屋だが、六人の人間の体温は十分に暑さを感じさせる。先程までは部の後輩たちも居たのだが、泣いている稜子を見て驚く彼らを、早々に亜紀が追い出してしまった。まあそれでも、部屋の隅の湿気取りにはオーバーワークに違いない。

過労死寸前の湿気取り。

回る玩具の扇風機。

それでも今日は、こうして居られるだけマシなのだった。なにせ晴れの日など、暑くて到底室内に居られるものではないのだから。

さすがに泣いている女生徒は目立つ。

見世物にならずに済む部屋など部室くらいのものだ。

そういう意味では、いくら鬱陶しくとも、この雨には感謝しなくてはならないだろう。それに大体この雨なしには、霊が見える訳でも無い俊也は、〝犬〟の存在に気付きようが無かった。

……ぺた、ぺた、

廊下にはまだ居る。

試しに空目へ視線を送ると、確かに視線と頷きを返して寄越した。やはり空目も廊下の〝あれ〟にはとうに気づいている。何とかした方がいい、そう俊也は目線だけで空目に伝える。空目は頷いて返す。

「……実はな、『呪いのＦＡＸ』にはどうしても解せない部分があった」

少し落ち着いてから、空目は切り出した。

「少なくとも木戸野に送られたあれは、チェーンメールが目的じゃない。俺が木戸野から『呪いの『FAX』の話を聞いた時、なぜ真っ先にチェーンメールではなく、変質者の存在を疑ったか、という理由がそこにある。というのも、この噂は今この学校で流行する理由が無い。実行犯からの視点で一度チェーンメール説は否定したが、もう一つ、外部的な要因で否定せざるを得ない」

「……へえ？」

振った話題。亜紀を始め皆が耳を傾ける。なるほど、と俊也は思う。会話に集中させておけば、外の音には気付かれないだろう。

「この『呪いのFAX』は、チェーンメールとして実行するための下地が、決定的に欠けている」

空目は続ける。

「何が？」

と武巳。

「FAXだ」

「あ、無いから？」

「そうだ。FAXが無ければ、『呪いのFAX』は送れない」

このまま会話を長く続けさせるのに協力でもするかと、俊也はばりばりと頭を掻き毟りながら、徐に口を開く。

「……あー、俺ん家はどうなる？　木戸野のとこにも実際あった訳だろ。俺達だけでも半数が持ってる。少ないなりに充分あるんじゃないか？」

「この学校でなければな」

そこで稜子がぽつり。あ、と声を上げた。

「そうだ……確かに無いよ、ＦＡＸ」

「何でだ？」

「寮」

「？　……あ。ああ、そうか！」

「うちの生徒、殆ど寮生だよ。自分のＦＡＸ持ってる人なんて居ないよ。受け取れないよ」

自宅組である俊也の盲点だった。生徒の九割近くが寮生活のこの学校では、ＦＡＸを送受信できる人間が極めて限られるのだ。

「そうだったな……」

納得する。盲点を同じくする亜紀も言う。

「今でもコンビニのコピー機なんかでＦＡＸの送信はできるね……でも確かに、うちの学校じゃ受け取れる奴は殆ど居ないね」

「解ったか？」

空目は言う。

「この種のチェーンメールは広く見積もっても小学生から高校生くらいまでが流行の対象だが、その多くは、特にその年代のかなりの割合が聖学付属にいるここ羽間市では、FAXなど持っていない。『呪いの手紙』なら俺も気に留めなかった。これなら寮でも受け取れるからな。だがFAXとなると、受信の対象となる学生は極めて限られる事になる。チェーンメールでない以上、初めから木戸野の所へFAXを送って来たと考える方が遥かに妥当だし、自然だ。だとするとまず最初に疑うべきは、嫌がらせや変質者だ。いや、だった」

「なるほどな」

頷く俊也。

「だが、否定された？」

「半分は。嫌がらせはまだあり得る。だがそれにしては本格的だ。単なる嫌がらせに収めるには不自然な専門性とオリジナリティがある」

「誰だ？　そんな事する奴は」

「知らん。だが多少は絞り込める。まず大前提として。木戸野の電話番号を知る事ができる人物だ」

空目の言葉に、俊也は少し考える。

「……学内限定なら結構絞れるな」

「ああ。まず筆頭に挙げられるのは文芸部の者と、学校の教職員だ。どちらも電話番号付きの名簿が入手できる。文芸部の部員と、教職員が一番怪しい。だがもしそれが可能な外部犯を考えれば、手がかりは皆無になる。電話帳に番号を載せずとも、番号を調べる手段はいくらでもある」

「確率的に怪しい、程度か……」

はあ、と息を吐く俊也。

「それ以上の絞り込みはできそうか？」

「……不明だが、検討はしてみる。ただ現段階ではやはり情報が少な過ぎるな。今のところ可能なアプローチは、木戸野の電話番号を知る手段についてと、ＦＡＸの内容の分析の二方面だけだろうな。まだ大した事は判るまい」

「そうか……」

空目の答えは否定的だ。落胆はしなかったが、多少の苛立ちが募る。

「ああ、しばし〝待ち〟だな。多分、今日の夜には〈召喚〉儀式のＦＡＸが来るだろう。そうすれば、少しは犯人の意図も判ると思う。この種の『魔術』には召喚の対象が不可欠だ。悪魔、天使、精霊――――それぞれ何十から何百かの種類があって、目的によって召喚する存在が違う。悪魔や天使はそれぞれ得意とする分野がある。そして召喚儀式に使う〈紋章〉を見れば何を召喚するのかが判る。なので〈召喚〉のＦＡＸを見れば、この『魔術』が何を目的にしたものかも大体判るだろう。もちろん木戸野が、この先のＦＡＸを受け取るつもりなら、だが」

「どうしようかね……」

亜紀は曖昧な返事をする。

「亜紀ちゃん……！　受け取らない方がいいに決まってるよ、着拒しよう？」

「肉を斬らせて、って言葉もあるでしょ」

「亜紀ちゃん！」

稜子が亜紀を咎める。

「何もなければいいがな」

俊也は思わず言ってしまった。亜紀はゆったりと首を傾げて言う。

「村神、あんたは何があると思うんだ？」

「…………いや、念のためだ」

溜息を吐く。我ながら迂闊だったし、白々しい。

実は今まさに〝何か〟が迫って来て取り巻かれていると、俊也は知っているが、気取られる訳にはいかない。

ずっと黙っている武巳を見ると、ひどく顔色が悪い。この会話の際どさを判っているだけに、何も言えないのだろう。落ち着きが無く、挙動が不審だ。あの様子ではいずれ亜紀や稜子に気付かれるかも知れない。まあ、そうなってもその時は、その時でしかないのだが。

「……ねえ……ホントに、本当に、何もないと思う？」

稜子が気弱な声で言う。

「安心しろ。少なくとも今すぐ何かが起こるという事はあり得ない」

空目がいつもの断定的な口調で言い切る。

「儀式が終わるのは七夜目だ。『呪い』が本物でも、あと四日は何も起こらない。偽物であっても、『呪いのＦＡＸ』、あるいは『魔術儀式』を模している以上、七夜全部を送るのが目的の筈だ。あと四日あれば、その間にＦＡＸか、あるいは送信者について何らかの結論は出るだろう。それから『呪い』に対して対抗手段を取るなり送信者を押さえるなりすればいい。問題は無い。違うか？」

「それはそうかもだけど……」

稜子はまだ不安そうだったが、

「信用できないか？　俺が」

という、空目が付け加えた一言で全て決まった。稜子の表情に、ほんの少しだけだが明るさが戻る。

「そ、そうだよね……魔王様が、何とかしてくれるんだよね」

「ああ」

空目への妙な信頼。俊也から見れば安請け合いだが、この場合は仕方ない。そうであったとしても、空目と俊也で片が付けられれば、空目の言う通り何の問題も無い。

ところが次に空目の言った台詞(せりふ)は、俊也の理解を超えていた。

「それでも心配なら、一度日下部が木戸野の家へ様子見に行ったらどうだ？」

は？　何故だ？

わざわざ稜子を危険に晒(さら)すようなものだ。思わず口を衝きそうになるのを、辛うじて自制する。

「あ、うん、そうだよね……」

「木戸野も問題ないだろう？」

確認する空目。そこでピンと来る。何となくだが、それで空目の意図が読めた。

木戸野は少し、逡巡(しゅんじゅん)する。

「…………いいよ」

そして不承不承の感じが見え隠れしたが、そう言って頷いた。

「でも泊り込みは困るよ」

「えー……」

不満げな稜子。

「明日の古文は予習が必要だからね。あんたが居ると邪魔」

「一緒にやろうよぉ」

「そう言って結局やんないいんだよ。一緒に勉強、ってのは」

図星を指されて、稜子がむくれる。

ふふん、と、しかし、どこかうっそりと、笑う亜紀。

「ま、それで稜子が安心するなら、好きなだけ部屋を調べなさいな。言っとくけど何にも出てこないよ？　馬鹿馬鹿しい」

そして空目を見る。

「恭の字も、稜子にうちを調べさせるのが目的だったりするんじゃない？」

「……」

空目は答えずに肩を竦める。

「いいけどね。別に何も起こんないよ。稜子の考え過ぎ。よくある悪戯とか嫌がらせでしょ。昔は色々やられたから、私ゃ慣れてる。犯人だって私、本当のところはどうでもいいんだよ。うん……まあ……捕まるに越した事はないけどさ」

亜紀はさばさばと言う。その言い方にふと引っかかるものを感じて、俊也は訊いてみた。

「犯人が捕まったらどうするんだ？」

「ん……？　別に……？　考えてもないよ。どうするだろうね………」

亜紀の言いようは一見あっさりしたものだった。

だが、何となく気付いた。その分ひどく根深い、冷たく静かな亜紀の怒りが、そこには押し込められているような気がした。

「……ほら、落ち着いたんなら行くよ。雨の日に、いつまでも私らだけで部室を占領してる訳にいかないでしょうが。上級生横暴だ、って言われるよ」

亜紀はそう言って立ち上がる。

亜紀がドアを開ける。一瞬身構えた。だが亜紀の怒りに反応した訳では無いだろうが、廊下の足音は、いつの間にか消えていた。

「行くよ」

そして亜紀が部室を出て行き、稜子や武巳がそれに従って、ぞろぞろ出て行く隙を見計らって、俊也は空目に耳打ちした。

「……今の日下部の件、どういうつもりだ？」

「偵察だ」

「やっぱりか」

空目は静かに言う。

「木戸野から強い腐臭がする。左手だ。獣の匂いもひどい。何か隠してるな」

やはりそうだった。空目は、亜紀の言う「何もない」を信用していない。まだ比較的安全なうちに、家の方を偵察させるつもりだ。どうやら亜紀には気付かれているようだが。

「大丈夫なのか？」

「まだ、おそらくは」

空目は気になる言い方をする。

「まだ？」

「……次は、〈召喚〉が来る。それからが本番だ」

その言い方が淡々とはしていたが、その目元に微かな険が浮かんでいるのを、付き合いの長い俊也は見て取った。状況はかなり良くないらしい。

「深刻か？」

「七夜目が来るまでは平気だと思う。それまでに片を付ける」

「駄目だったら？　打つ手はあるのか？」

「最悪、こいつが役に立つ」

空目はそう言って、後ろに従っているあやめに目をやった。

俊也は思わずまじまじと見つめる。あやめはきょとん、とした顔で俊也を見上げ、見返した。

「最後の手段だ」

「本当かよ……」

「いずれにせよ最悪の事態になったら、多少無茶でもあやめを使うしか無い」

空目はそれだけ言って、話題を打ち切ると部室を出て歩を速めた。これ以上の密談は不審に思われる。

離されたあやめが慌てて小走りに付いて行く。滑る床に、一瞬足を取られる。

本当に役に立つのか？ 見るからに危なっかしい後ろ姿を見ながら、俊也は〝最終兵器〟に不安ばかりを感じていた。できるなら、これに頼らなければならないような事態は避けたい。

ふと、床に目をやる。

濡れた床。その床を見た瞬間、俊也は目を疑った。

暗い廊下。その床の、文芸部の部室を中心にしたほぼ全域が、例の小さな犬の足跡によって、びっしりと埋め尽くされていた。その数、何百、何千。

「…………!!」

俊也は戦慄した。

「冗談じゃないぞ……」

日中なので照明をつけず、太陽も出ていないので、最初は気付かなかった。だが振り返ると、弱くとも光の加減で異様な数の足跡が浮かび上がる。

濡れた床に、水だけで捺された無数の足跡がある。それは何十匹もの小さな獣の群れが、部室の前を包囲している形だった。隙間なく、びっしりと。それは俊也たちが部室に入って、出てくるまでのほんの三十分ほどの間に――――

現れて。消えたのだ。

俊也は刹那、立ち尽くした。

数瞬の後、何も言うまいと心に決めた。そしてまた松葉杖による不自由な歩を、再び進め始めた。

三章　軋む夜

1

学校が終わって放課後、稜子は当初の目的通り、亜紀の家までやって来ていた。

時間はもう六時近い。七限を終えた後なので、これくらいにはなる。それでも亜紀の住居は学校から比較的近く、クラブ活動も無しで来たので、女子寮の門限である七時までには十分に余裕があった。こういう立地なのだから、稜子は必然として割とよくここに遊びに来る。

亜紀の住むアパートは、稜子の住む女子寮から十分に徒歩圏内だ。

女子寮近くの住宅地に、入って約十五分。そこにある『シャルム都古(みやこ)』というのがそれだ。ありがちだが、名前の優雅さに比べて建物はごく普通の二階建てだ。階ごとに二世帯ずつ、計四世帯が入居可能の単なるアパートに過ぎない。煉瓦色の建物がいかにもこの街らしいが、造りは普通の安普請だ。八畳一間で家賃もそれなり。キッチンが広いのが特色と言えば特色。

亜紀の住居は、その二階にある。

中は一見して目立つのは本ばかりで、女の子の部屋にしては色気も何もない。だが一人暮しの部屋とは実際こんなものかも知れない。整頓はされていて、やや殺風景ながらもセンスを感じさせる秩序がある。それがいかにも亜紀という人間を窺わせて、好感が持てる。

ただ――

「……おじゃましまーす」

稜子がそう言って、亜紀に続いて部屋に入った瞬間、むっと獣の匂いを感じた気がしたのは果たして気のせいだっただろうか？

ぎょっとして周りを見回した時には、もう匂いは消え失せてしまっていた。

「………………」

稜子は玄関に立ち尽くす。そこはいつもの亜紀の部屋。

しかし一瞬、部屋全体が妙によそよそしく感じ、まるで知らない部屋に入ったような印象を、稜子は受けたのだった。

気のせいか、何とも言えない違和感が稜子を襲う。

勝手知ったる亜紀の部屋。それが奇妙に居心地が悪かった。

だが、そんな事を口に出しても亜紀に一蹴される事は容易に想像が付く。最悪の場合、機嫌を損ねるだろう。

稜子は自然と口数が少なくなり、黙ってテーブルの脇に座った。

それでも何となく落ち着かず、意味もなく調度を見回していた。

「紅茶でいいよね？」

キッチンの方から亜紀が尋ねた。

「あ、うん……」

稜子は答える。質問ではなく確認だ。もし「嫌だ」と言っても、亜紀は紅茶党なのでこの家には紅茶しかない。

「お茶うけも無いよ？　急な話だったから。本当はクッキーがあったと思ったんだけど、見当たらないんだよね……どっか行っちゃったみたい」

「うん……いいよ。気にしないで」

「そう？」

「うん……」

亜紀の言葉に、稜子が答える。

だが、その返答は明らかに、心ここにあらずだった。全くと言って良いほど会話に集中できていない。実際、稜子は部屋を見回すばかりで、亜紀の話は、半分ほども聞いていない。

――視線。

理由がそれだった。誰かに見られている、あの首筋がムズムズする感覚。

稜子と亜紀しか居ないこの部屋で、稜子は先程からずっと、別の視線を感じていた。そのせいで、どうにも落ち着かない気分になっている。

見られている。

閉じたカーテンの隙間から。

じっ、と見られている。

稜子がそこへ目を向けると、視線はさっと失せる。

しかし「見られている」という感覚は、少しも消えなかった。気にすれば気にするほど、ますます強くなる気がする。

見られている。

ベッドの、下から。

目を向けると、そこには何も居ない。

――見られている。

稜子はおもむろに無言で立ち上がると、近くの棚にある犬のぬいぐるみに手を伸ばし、後ろを向かせた。この部屋では唯一と言っていい、稜子も認める女の子の調度品だ。だが、どうにも目が——そのぬいぐるみと目が合った気がして——気味が悪くなって来たのだ。

「ちょっと後ろ向いててね……」

壁を向かせて、ぽん、と稜子はぬいぐるみの頭を叩いた。

稜子にとっても完全に本気とは言い難い、気休めの行動だった。

だが。

「……」

……コツ、コツ、

音。

ぞく、と悪寒が走り、稜子の動きが凍りついたように止まった。

棚の一番下、両開きの戸棚から、確かなノックの音が聞こえたのだ。

閉じた戸棚。さほど大きなものではない、戸棚の中から聞こえた硬い叩音。生き物など、ましてやノックをするようなモノなど、何も入るはずの無い戸棚に、そんな戸の向こうに、何かが居る。

「…………」

おそるおそる、下に目をやった。

戸は、ぴったりと閉まっている。

しん、とした静寂。

聞こえるのは、自分の呼吸と心臓の音ばかり。

動きは無い。戸はぴったりと閉じて、澄ましている。

音は、無い。

無い。

だが……

…………

…………気配を感じる。

中に、何かが居る気がする。

何の音も、もちろん息づかいなども、戸棚からは聞こえない。そこには異様な静寂があるばかりだ。異様な静寂と――――それから、存在感。硬い戸の表面の、その内側。そこに。

気配。

「………」

静かに、息を殺して、ひざまずいた。

そこには確かに何かが居る。戸棚の中に、何かが居る。

手を伸ばす。

恐る恐る、戸へ手を伸ばす。

中を、見なくては。

中に、何が居るのか調べなくては。

「………」

呼吸が、鼓動が、激しくなっていた。

手が、震えた。

手が、金色の小さな取っ手を、掴む。

金属の取っ手は、ひやり、と冷たい。

「……」

躊躇(ちゅうちょ)した。

躊躇したが、指に力を入れて取っ手を握り締めた。

震える指に力を入れる。指先に。力を入れると、震えはますます激しくなる。

息を呑んで、覚悟を決めた。

覚悟を決めて、取っ手を引いた。

戸が、細く、軋みの音を立てて。

――――きい

…………

…………

「――――何も居ないでしょ？」


「わあ！」

突然背後から声を掛けられて、稜子は悲鳴を上げた。

振り向くと、亜紀が両手にカップを持って立っていた。ひどく冷めた顔に、少しだけ眉を顰めている。

「……大声で驚かないでよ。こっちが驚くじゃない」

言いながら紅茶の入ったカップを置いた。

その動作は言うほどには驚いていない。稜子は慌てる。

「あ……ご、ごめんね……！」

「いいけど。それより何も居なかったでしょ？　戸棚」

「あ……うん」

開け放たれた戸棚の中には、タオルが畳んで入れてあった。その他には何も入っていない。先程感じた気配も消えている。

「……でも……さっきノックの音がした気がして………」

「うん。下がタオルで、上が本だからね。上の方が重くて棚が軋むんだよ」

何事も無いという風に、亜紀はそう言った。

「ホント？　そんな感じの音じゃなかった気がするけど……」

「家鳴りって言うの。木材が軋む音って、結構いろんな音がするもんだよ」

「そうかなあ……」

「あんたは都会育ちだからね……」

亜紀は微かに、口の端で笑った。何となく、空々しい笑みだ。

「うちは母親の実家が田舎だったから良く知ってるよ。家が古くてね、都会の住宅と違って木の部分が多いから、季節によってはすごい音がするんだよ。確かに子供の頃は怖かったね」

「ふぅん」

稜子は頷く。

「そんなものかなあ……」

「そんなものなの」

亜紀は言い切る。

「でも、まあ……」

言いながら、亜紀はふと目を細めて。

「その家も私が小学校に上がる前に、おばあちゃんが死んだ時に、壊しちゃったんだけどね」

淡々とそう言って、少しだけ懐かしそうな表情をした。

「立派な家だったんだけどね」

「へぇー」

だったら何で壊したんだろう、と稜子は不思議に思う。

小市民な稜子の感覚では、考えられない。

「何で壊しちゃったの？」

訊ねた。亜紀によって、話題を逸らされている気がしないでもなかったが。

「えーとね……うちの両親がおじいちゃんを家に引き取って、結局そこに住む人がいなくなったんだよね」

亜紀は紅茶を一口すする。

「不要になったから、潰しちゃった訳。最後の記憶が解体現場だよ、その家」

「むー、もったいないねえ……」

「そだね。敷地も売って、完全にその場所を引き払ったらしいよ。今は無き故郷ってわけ。もう行く事も無いと思うよ」

「そこはそこで、残しとけばいいのにね……」

「どうかな。家は放っとけば際限なく荒れるし、ただ持ってるだけじゃ税金とかも大変だったんでしょ」

昔の事だと言わんばかりの、亜紀の口調。

「今は田舎も人気なのにねえ」

稜子は何の気なしにそう言ったのだが、亜紀は少し黙って、「……どうかな」と微妙な表情を作った。

「人気なのは別に、好きにすればいいんだけどね」

「うん？」

「けっこう田舎って大変らしいよ。うちの母親なんかは、全然いい思い出が無いって言ってるね。生まれ故郷なのにさ」

そう言ってはいるが、亜紀自身、よく判っていない事を話している顔だ。多分その母親の話というのが、そんなに具体的な話では無いのだろう。その割に印象に残っているような。だから話さざるを得ないような。

稜子も理解できないので、不思議そうな表情を作る。

「そう？　田舎の生活って憧れるけどな。よく言うじゃない。都会には無い、近所との家族同然の付き合いとかさあ」

「あれって面倒だよ？」

亜紀は言う。

「そうなの？　田舎のいい所だって、よく聞くけど」

「その代わりプライバシーは皆無、みたいだよ。古い因習も残ってて、知らないと大変な事になるって。母親の受け売りだけど」

「えー、今時そんなの残ってるかなあ？」

どうなんだろう。稜子は考え込む。

亜紀も黙る。

二人とも黙ってしまうと、急に部屋の異様な静けさが肌に染み込んで来て、よそよそしい、今までこの部屋には感じた事の無かった雰囲気が滲み出て来て、奇妙な不安感を煽った。

「……」

視線を感じた。

稜子は、ごく、と唾を飲み込んだ。

とてもじゃないが、ここでは考え事ができる状態では無かった。何か話していないと不安になる。稜子は何でもいいからと口を開く。

「亜紀ちゃん、少し寒くない？」

「そう？　エアコンは点けてないよ？」

亜紀は素っ気ない。

言われてみればその通りだ。エアコンは点いていない。それなのに夏のさなか、冷房も無しにこの肌寒さは、どういう事だろうか。体感では冷房の効きすぎた部屋のようだ。鳥肌が立つ寸前の冷気が、ここには充満している。

気が付けば、夏だという事を忘れていた。

稜子は薄着の上から、自分の肩を抱く。

「ねえ、おかしくない？　これ……」

稜子は言う。

「あー……まあ、日当たり悪い部屋だからね……」

亜紀の言い様も、何だか言い訳じみている。ずっと気になってはいたが、ここに来てから亜紀の言動は、少々支離滅裂だ。

何かが、おかしい。

微かな違和感。

視線。

気配。

冷気。

稜子がその音に気づいたのは、そんな時だった。


かりっ、かりっ……かりっ……かり………


それは微かな音だった。

「!」

しかし瞬間、亜紀と稜子の顔が、さっ、と同時に強張った。


かりっ、かりっ、かりっ……


音は南側のカーテンの向こう、ベランダのある窓から聞こえて来た。硬い音。何かが、窓を、引っ掻く音。弱い爪音。しかし静寂に確かな意志を持って音を響かせている何かが、すぐ側のカーテンの向こうに居る。

「……何の音？」

稜子の問いに、亜紀は答えなかった。

「何か……居るの？」

「……」

亜紀はただ黙って窓を見ているだけだ。亜紀らしくもない、呆然としている。心ここにあらず。

「亜紀ちゃん――」

名前を呼んだ。それでも亜紀は反応しない。この期に及んで異常に気づいた。亜紀は、自分の左手の包帯を握り締めて、微かに震えていたのだ。

まるで何かが見えているように。

まるで何かに耐えているように。

額に、びっしりと脂汗を浮かべて。

「！」

その瞬間に気づいた。平静を装っていたが、この亜紀も、稜子が想像していた以上に、追い詰められていたのだ。

やはり何かあったのだ。

そして、どんなに装っていても、心の中では怖れている。

ならば稜子は覚悟を決めた。今、ここで頼れるのは自分だけだった。

窓に近づく。

カーテンを掴む。

見なければならない。

確認しなくてはいけない。

たとえどんなに異常なモノがそこに居るのだとしても。

稜子が確かめなければならなかった。そうでなければ、このまま負けてしまうと、本能的に思った。

「…………っ！」

しゃっ、

とカーテンを引いた。

何も、居なかった。

音も、それきり止んだ。

稜子は呆然と、立ち尽くした。


「――――稜子」

呼ばれて振り向くと、いつの間にか亜紀が立っていた。

顔色は蒼白（そうはく）で、能面のように無表情だ。幽霊のようにそこに立っている。

「あ、亜紀ちゃん……」

「……そろそろ時間でしょ？　帰らなきゃ」

淡々と、亜紀は言った。

う、と稜子は呻（うめ）く。どう見ても、まともな状態では無い。

「大丈夫だから、帰りな？　門限に間に合わなくなるよ」

「で、でも……」

「大丈夫だから」

大丈夫な訳が無い。しかし亜紀の口調はやんわりとだが、有無を言わさぬものがあった。おそらく稜子が何を言ったところで、今の亜紀は聞く耳など持つまい。それでも稜子は、言いかかる。

「亜紀ちゃん……」

「大丈夫」

亜紀は制する。

互いの姿を見つめたまま、二人はしばし沈黙する。

そしてそのうちに、稜子は異常なものに気が付いた。

だらりと下げられた亜紀の両手。その左手の、人差し指に巻かれていた包帯が脱落していたのだ。

その包帯は亜紀の右手に握られている。

それはもはや包帯とは呼べないほど、真っ赤に染まっている。

血だった。

飽和するほどの血を吸って、包帯は重そうに垂れ下がっていた。

ぽつり、ぽつりと先端から赤い雫が落ちる。

過度に濡れた包帯を強く握り締めたので、指から抜け落ちたのだろう。ただ、問題はその大量の血液がどこから出て来たのかだ。

亜紀の傷は明らかに開いている。

「うっ……！」

稜子の目が釘づけになった。

「大丈夫」

無表情に、亜紀は言う。稜子は、言葉を無くす。

最初、それが指だとは思わなかった。

それは、異常な色をしていた。

壊疽。

今まで包帯で隠されていたそれは、指先から付け根までがトナーを擦りつけたように、壊疽でどす黒く変色していた。変色して腫れ上がり、それはあたかも熟れ過ぎた果実のような、酷い状態になっていた。

指先に割れた傷口が、それこそ果肉のように、中身の肉を晒していた。

腐った果汁のように。そこから血が滴っている。

「あ、亜紀ちゃん……それ………」

思わず稜子は口元を押さえた。

「大丈夫だから」

亜紀は繰り返した。

「病院にも行ったし。大丈夫だから稜子は帰りな？　もうこんな時間だよ？」

「だって……で、でも……」

「いいから」

狼狽する稜子の言葉を、亜紀は静かに遮った。

「稜子は、帰んなさい」

平坦だが、強い口調で言う。

……かりっ………

変化はその時起こった。

その途端に、むっ、と獣の匂いが部屋に充満したのだ。

「！」

稜子は猛烈な吐き気を覚えて、そのまま部屋からよろめき出た。匂いが直接の原因で無い、何か脳が直接揺すられるような、異様な感覚に襲われたのだ。

乗り物酔いのような、眩暈と吐き気。

その背中に亜紀が声をかける。

「鞄、忘れてるよ」

亜紀は稜子のバッグをぶら下げて、追い詰めるように歩いて来た。

「う……」

稜子は為す術も無く、玄関まで押し出された。

「……はい、鞄」

「…………」

「気分、悪そうだね。早く帰った方がいいよ」

稜子はもはや、何も言えない。

亜紀がドアを開けた。外からは正常な空気が、中へと入って来た。湿った、雨の匂いがした。

亜紀は仮面のような顔に、仮面のような空虚な笑みを浮かべた。

「じゃ」

「また、明日ね」

見事に形骸だけの笑みを浮かべて、亜紀はそう言った。

それは稜子の知っている人間ではなかった。いや、それはもはや人間にすら見えなかった。

異質な人間。

さもなくば、人の形をした異質なモノ。

――――びゃんびゃんびゃんびゃん、

頭の中で甲高い犬の鳴き声が聞こえた気がした。

激しい恐怖に駆られ、稜子は逃げるように玄関から飛び出した。ずぶ濡れで走る

少しでもそこから離れるため、傘も差さずに走り続けた。ずぶ濡れで走る稜子を見て通行人稜子を見て通行人が奇妙な顔をする。それすらも、もはや稜子の視野には無い。

吐き気と恐怖で、何も考えられなかった。何故だか知らないが、激しい恐怖に囚われて一秒

でも早く〝それ〟から逃げ出したかった。ただ、何から逃げているのか自分でも判らない。どこまで逃げればいいのか、それすら自分では判らない。

寮に着いて、自分の部屋に飛び込み、布団を被った。それでもまだ、恐怖は消えなかった。心配するルームメイト。それすらも拒絶するほどの、恐怖。

ただ、稜子は震えた。脳髄の中に〝恐怖〟が居座っているかのように、後から後から震えが湧き出した。

ただひたすらの、恐怖。

…………………

…………………

恐怖はしばらくして、身体からすう、と抜けていった。

そして稜子が我に返って、泣きながら武巳に電話をしたのは、亜紀の部屋の出来事から数時間後の事だった。

2

トルルルル……

かちゃ、受話器を取る。

ピー、発信音。

受信ボタンを押す。

……ピー、

…………

……ぶぶ……ぶぶぶぶ…………

しばらくの溜めの後、三夜目のFAXが顔を出し始めた。

奇妙に暗く感じる部屋に、神殿のような静謐と冒瀆（ぼうとく）的な腐臭が広がり始めた。

旧式の機械は震え、悶（もだ）え苦しんでいるかのように痙攣（けいれん）を続ける。やがて、ぐずぐずと呪いの申し子が這い出して来る。

「…………」

静かに、静かに、亜紀はそれを見下ろしていた。

何かを思う訳でも、感じる訳でも無く、亜紀はそうしていた。その表情には一切感情は窺えない。恐怖も怒りも好奇心も、そこには無い。操られているのかも知れないとも、亜紀は思う。それでもここでこうしているのは自分の意思であると、亜紀は断言できた。

理性は、正常に働いている。

摩滅しているのは、感情の方だ。

強いて自ら感情を殺した時の、その感覚によく似ていた。

この重度の安定と、そして現実感の無さ。霞のかかった、この感覚。

人間は周囲を感情で把握しているのだと、亜紀は思う。視覚も聴覚も触覚も、全ては感情によって色づけされている。真の世界は無味乾燥なのに、感情がそれを増幅する。感じる事が、感覚だ。だから感情を殺せば安定し、感覚に霞がかかる。

感動の無い者にとって、世界は静かだ。

その荒涼とした世界の中に、いま亜紀は居た。

無感動は墓場のような聖域だ。全てを無価値にする代わりに、それは絶対の安定を与える。

怒らず、悲しまず、傷つかず、恐怖しない。

代わりに楽しみも、喜びも無い。

かつての亜紀、そのままだ。

こんな時にはうってつけだろう。

そう、〝対決の時〟には。かつて周囲の全てと対決していた時、亜紀はまさしく、この状態だったのだ。

「…………」

静かに、亜紀はここに立っている。

静かに、『呪いのFAX』を、見詰めている。

消極的だが、亜紀は対決するために、ここに居た。

空目ですら、この事態に対する確実な手段を知らないのだ。関心の無いそぶりはしていたが、亜紀は皆の話を注意深く聞いていた。空目と俊也が話していた、稜子を偵察に出すなどという話も、しっかり聞いている。

異常なのは、最初から判っていた。

そして戦うのは、亜紀自身だ。

敵に関する知識も無い。誰も確実には頼れない。ならば一人で居るべきだった。勝ち目も判らない以上、足手まといは要らないのだ。とくに稜子のような存在は一利も無い。だから追い出した。

自分一人なら、その防衛のために手段を選ぶ必要は無いのだ。

他人など、躊躇(ためら)いも無く盾にでもして使い捨てる。現に今まではそうして来た。

周りに味方など一人も居なかったから。だが稜子は、どうだ？　亜紀は戦いと、そして自分というものを良く知っていた。稜子は嫌いではない。だからこそ、ここに居るべきでは無かった。

今の亜紀は、稜子を守ってしまう。

だから、要らない。

だから、異常を感じた時点で稜子を帰らせたのだ。

しかし亜紀は思う。冷たく当たり過ぎただろうか？

怯えた表情で帰っていった稜子に、亜紀は少しだけ胸が痛んだ。もっとも、突き放して追い返しただけなのだ。あれほど怖れる事はないのに、とも思う。

異常な稜子の怯えぶりに、今になって奇妙な感覚を覚えた。

まあ、今さらどうでもいい事だが。

亜紀は一人で、ここに立っている。

FAXは、続く。

……ぶぶぶ……ぶぶぶぶ…………

徐々に吐き出される感熱紙。

表面に見えるのは、びっしりと書かれた、黒く歪(いびつ)なアルファベットだ。相変わらず殴り書きで、意味は不明。情念をぶつけたような凄絶な文字が、狂的な密度で書き込まれている。

空目の話では、今夜は確か〈召喚〉の儀式だと言っていた。

目的に応じて、悪魔か何かを呼び出すのだという。

ＦＡＸの辺りには、微かに、何か腐ったような匂いが澱んでいる。そしてその辺りが、何か暗く陰って見える。

何だろう？

一体、何が喚び出されると言うのだろう？

それが喚び出されると、どうなると言うのだろう？

目的は？　一体誰が？　亜紀はＦＡＸを睨み付けながら、電話回線の〝向こう〟にいる送信者――――敵へと――――思いを馳せる。

窓から、戸棚から、天井から、ベッドの下から、部屋中の陰という陰から〝何かが居る音〟が聞こえてき始めた。

……かりっ、かりっ、かりっ、かりっ…………

…………コツ、コツ、コツ、コツ……

空気に、獣の匂いが混じり始めた。

気配が、息づかいが、部屋のあちこちから感じられる。

キッチンにある紅茶の缶が、中で何かが暴れているかのようにカタカタカタカタ踊り出すと、突然大きく宙に跳ねて、こーん、と音を立てて床へ落ちた。蓋が外れ、紅茶の葉が床に撒き散らされると、その上で見えない何かが走り回ったように、茶葉の山が掻き乱された。

ととっ、と床を、見えないモノが走る。

ベッドの布団が、もぞもぞと動く。

腐臭が、一段と強くなった。肉の腐ったような匂いが強くなるにつれて、もはや碌に感覚の無い左手の指の、そのどす黒く腐り果てた部分がじわじわ上がって来るのが感じられた。今吐き出されているＦＡＸの文字のように、黒い部分は徐々に徐々に広がって、亜紀を侵蝕して行く。

……ぶぶぶぶぶぶ……ぶぶぶぶぶぶ………

響く、蠅の羽音。

紙送りの音は、もはや無数の蠅の羽音となって、部屋に響いている。

腐った指が、猛烈な痒みと痛みを帯びる。

羽音に刺激されるように、ちりちりと壊疽が疼きだす。

蠅の羽音を従者として引き連れて、ＦＡＸから文様が這いずり出て来た。

それは二重の円に囲まれた、曲線で構成された地上絵のような文様で、雄牛か何かを図案化したような紋章だった。

そして――――それと同時に。

部屋中の暗闇から、獣の唸り声が響き渡った。

途端、

ばんッ！

「――――――っ!!」


突然破裂した天井の蛍光灯に、亜紀は押し殺した悲鳴を上げた。

蠅の羽音が高らかに大きくなり、締め切った部屋に、腐った匂いを渦巻かせる突風が巻き起こった。

そして拡がる獣の匂い。

突風に薙ぎ払われるように、棚の中の物がばらばらと吹き飛ばされる。

本が飛び、テーブルが動いて立ち上がった。思わず頭を抱えて身を縮めた。途端に何かと目が合った。

伏せた亜紀の目の前。

ベッドの下の暗闇の中に。

無数の獣の目が、煌々と光っていた。

「ひっ……！」

叫びかけると光はすぐに消えた。

しかし直後に、光は部屋中の暗闇に飛び散り、それと同時に、部屋の暴威は突如として威力を増した。ガリガリと耳が壊れそうな恐ろしい音を立てて、暴風の中で見えない爪が振り回されたかのようにカーペットが目の前で捲れ上がって引き裂かれ、本棚の半ばが抉り取られた。蛍光灯が傘ごと引き千切られ、壁紙に、天井に、戸に、家具に、鋭い爪痕が幾筋も刻み付けられた。

耳鳴りがするほどの羽音と轟音が、部屋に満ちていた。

見えない何かは、部屋中で荒れ狂った。部屋のあらゆる物が抉られ、破壊され、破片と残骸が空中を飛び回った。形あるものは吹き飛ばされ、壁に叩きつけられ、また空中で粉砕され、次々その形を失って行った。

それでもＦＡＸは平然と稼働し、呪いの刻まれた感熱紙を次々吐き出した。感熱紙は吐き出される端から宙へと巻き上げられ、魔術の呪文を見せ付けながら、部屋中を舞い狂った。

窓ガラスが破裂した。窓が吹き飛んだ。

途端、蠅の羽音が、割れた窓から溢(あふ)れるように飛び出した。

やがて抜けて行ったように暴風が収まる。闇に、陰に、輝いていたケモノの目が、一つ一つ消えてゆく。部屋が、元の、いやそれ以上の、静寂に包まれる。

………………

どれくらい、そうしていただろう？

しばらくの後、亜紀が、ゆっくりと身を起こした。

割れた窓を開けて、ベランダに出る。ひどく、躰(からだ)が疲れている。

裸の足がガラスを踏むが、何も痛みは感じなかった。雨が亜紀を濡らしたが、それも亜紀は気にしない。

呆然と、亜紀は夜空を見上げた。

羽間の夜は暗かった。その暗い夜が、今は厚い雲で、ますます暗く塗り込められていた。

どろりと闇は、ただ昏(くら)い。

視野一面に、その闇の街は広がっている。

雨。

……………

………………

ふと、亜紀は気が付いた。

暗闇の街路の中に、明らかに異質な色彩があった。

白い、傘。

少ない街灯の、ぼんやりとした明かりの下、そのビニールの傘は、奇妙に鮮やかに照り映えている。

白子のような生々しい白が、ぬめりと雨の中に立っている。

男だった。降り頻る雨で、煙り、滲みながら、傘を差した男は、朧な姿でにそこに立っていた。

男は亜紀の居るベランダを、じぃーっ、と見上げている。

自分の顔を掴むように、その左手をべったり顔に張り付かせ、指の間から覗く眼でじぃーっと亜紀を見上げている。

刹那、目が合った。

すると男は、消え失せた。

街灯の下に、傘が落ちる。走り去る、ぱしゃぱしゃという足音が遠のいて行く。

ぼんやりとした明かりの下、白い傘がぽつんと濡れていた。

傘は風も無いのに、ごろりと転がった。

傘には、爪で切り裂いたような破れ目が開いている。

虚ろな眼窩のように、破れ目は亜紀を、じっと見上げる。

3

早朝の教室の戸が、開かれた。

そして亜紀が教室に入って来ると、武巳達は一斉にそちらへと目を向けた。

誰も何も、言わない。無言の出迎えに少しも動じず、亜紀は武巳たちを一瞥して近づいて来る。

「…………」

異様な雰囲気だった。

さらに異様な状況だった。

武巳、稜子、空目、俊也、そして今やって来た亜紀以外に、今この教室には一人たりとも人間の姿が見えない。がらんとした、だだっ広い大教室。その中で、ただ五人だけが無言で顔を合わせている。

しんとした、教室。

それもそのはずで、今は朝の七時を過ぎた所だった。

この時刻に学校に居るのは、体育系クラブの朝練くらいのものだ。八時の始業までまだ余裕があり、大教室に人が集まり始めるのは、普通は三十分ほど前。それくらいの時間までは教室に鍵が掛かっているので、入口が開けるには、職員室まで行って、鍵を借りて来なければならない。

そんな早くに、亜紀は教室にやって来た。

そして、それよりも早くに皆は集まっていた。

それを見ても、亜紀は何も言わない。驚きも、不思議そうな顔もしない。

「……職員室に鍵が無いから、誰が先かと思ったよ」

ただ亜紀は、抑揚に乏しい口調でそう言った。

その顔には———それだけでなく腕にも、脚にも、むき身の部分にはいくつもの絆創膏(ばんそうこう)が貼り付けられていた。痣(あざ)のようなものもある。左手の包帯は、昨日までは指に巻かれていたのが、今は人差し指から手の甲全体を覆うまでになっていた。見るからに重い怪我人(けがにん)だ。痛々しくて見ていられなかった。

「珍しいね、こんなに早く来るなんて。何かあった？」

「そんなわけ無いだろ」

とぼけているのか本気なのか、判断のつかない亜紀の言葉に、俊也が答える。

「木戸野についてな、相談してた」

「へえ……」

亜紀は特に感動の無い返事をする。

理由とか内容とか目的とか、そんな事を気にしている様子は無かった。それどころか状況を把握しているかすら、怪しかった。

そういう振りをしているだけかも知れない。

俊也と、無感動な目をした亜紀とが、しばし無言で睨み合う。


…………………


武巳の携帯に、稜子が電話してきたのは、昨日の夜の事だった。

泣きながら話す稜子の言葉は支離滅裂で、聞き取るのにも苦労した。それでも亜紀の様子がおかしいようだという所までは理解できたのだが、何がどう、具体的におかしいのかは、最後まで武巳には理解できなかった。

仕方が無いので稜子をとりあえず宥めた後、空目や俊也に電話した。とは言え武巳にも上手く説明できなかったので、異常を伝えるだけに止まった。

「いつかみたいに、ぱっと落ち着かせられないか?」

武巳は空目に訊いたが、

「電話じゃ話にならんな」

と一蹴された。

そして俊也の提案で、今日は早めに学校に集まる事になった。一晩経てば稜子も落ち着いているだろうし、話も聞けるだろう。亜紀について、できるだけ早く相談しておく必要がある。

……結局相談を始める前に、こうして亜紀が来てしまったのだが。

「……亜紀ちゃん……怪我したの？」

稜子が言った。

「ん」

亜紀は面倒臭そうに、頷いた。

「大した事、ないよ」

「そうじゃないよ！　何があったの？」

稜子が声を荒げる。亜紀は無気力な表情で、ぽつりと答える。

「別に」

「別に、って……」

「窓が割れただけだよ。破片であちこち切った。それだけ」

「それだけ？」

「ん」

亜紀は席につく。気だるげに、そのまま頬杖を突く。

「……少し寝かせてくんないかな？　割れたガラスの片づけとかでさ、私、寝てないんだよ」

そう言って、今にも目を閉じそうな亜紀。

「待て。その前にいくつか答えてもらう」

空目の制止には、亜紀は素直に従った。

「……どうぞ？」

「三日目のＦＡＸは来たか？」

「ん……来たよ」

「ＦＡＸの現物は？　持ってきたか？」

「捨てた」

「…………」

途端に空目の目元に険が寄った。

亜紀の思わぬ答えに、武巳は声を上げる。

「はあ!?　何で……」

「だってさ、くだらないね。『呪い』だとか『魔術』だとか、そういうのに振り回されるのは馬鹿みたいだよ。皆が拘るほどの価値は無いね。だから捨てた」

「ええ、そんな勝手な……」

「私の問題だよ？　これは。私が『何も無い』って言ってるの。勝手に妙な想像をしてるのはあんた達の方だよ。私の言ってる事、間違ってる？」

「………」

寝ぼけているかのような亜紀の声だが、それだけで武巳は何も言えなくなった。空目の方を見る。空目は静かに、溜息を吐く。

「……悪かったな。質問は終わりだ」

空目は言った。

「ん……」

空目の言葉に亜紀は頷いて、もそもそと机に突っ伏した。

「もう終わりでいいのか？」

随分あっさりとしたやり取りに、武巳は思わず訊く。

「ああ。ＦＡＸが無い、本人に話す気も無いなら、木戸野に訊く事は無い」

「でも……」

「俺の予想とは状況がずれている気がする。得心のいかない、説明の付かない事象がいくつかあるが、木戸野は何も言う気が無い」

亜紀はすでに眠っていた。穏やかな、深い呼吸が聞こえて来る。

「そうなると……昨日木戸野の家で、日下部が感じたという事態が今ある情報の全てだな」

稜子が不安そうな顔で、自分を指差した。

「わ……わたし？」

「ああ、話してもらえるか？　何があった？　昨日の近藤の説明では全く内容が解らなかったからな。日下部から詳しい話を聞く必要がある」

空目は腕を組んで、椅子の背もたれに大きく体重を預ける。

「でも……あんまり役に立たないと思うよ？　わたし、その時はちょっと変で……何だか急にパニック起こしちゃって……」

稜子は昨日のパニックの続きのような事を言っている。だが確かに昨日、武巳が断片的に聞き取った内容では、そんなに大した事があったようには思えなかった。それにしては異常に取り乱している、という印象を持ったくらいだ。

「構わん」

空目は一声。

「ＦＡＸそのものが有れば話が早かったんだが、期待したそれが無いのだから仕方がない。木戸野の協力が無いなら、外堀から埋めて行くしか無い。少しでも情報が必要だ。役に立つかはこちらが情報を精査する」

そう言って稜子を促す。

「何があった？」

「あ、うん……えーとね………」

そう言われてようやく稜子は、たどたどしく説明を始めた。

亜紀の静かな、規則正しい寝息が聞こえる。

武巳はふと、雨の降る外の景色に目をやった。

他の生徒が来るまでには、まだ、時間がある。

4

――――――

――――――

――――――眠い。

亜紀の精神を、肉体を、いま強烈な睡魔が蝕んでいる。

七限の教室。

古典の授業。

結局この心身の疲労は、一日中抜ける事が無かった。稜子や皆が何か企んでいるようだが、如何ともし難い疲労に思考も情動も呑まれてしまい、今となっては最早どうでも良かった。

授業と読書の時だけ、亜紀は眼鏡を使う。

その光学的な矯正も、眠気でぼやける視界は矯正できない。

睡魔は霞の形をしている。意識を覆って、五体に染み込み、そこから少しずつ亜紀の自我を食い尽くして行く。暗闇と自我との境界、それを睡魔は蝕む。自我が薄く脆くなるほど、それを維持する行為は苦痛となる。

自我が溶け、意識が溶ける。

暖かい暗闇へ、魂が落ちて行きそうになる。

自我とは緊張と興奮、そして覚醒が形作る。

現実が単調で、冗長で、さらに非活動的であればあるほど、自我は緊張を失い、沈静化し、覚醒を失って、やがては眠りの闇へと落ちて行き易くなる。

教室に響く、単調な柳川の声。

「――――で――――から――」

意識が虫食いで、もはや内容を聞き取る事さえできない。

つまらない授業というのは、眠りに関わる全ての要素を満たしている。

単調で、冗長で、非活動。身体はもちろん精神的にも、活性とは言い難い。

授業というのは多くの場合、自らの知的好奇心を満たす行為では無い。それは何らかの動機付けによって行われる、一つの機械的な作業に過ぎない。よほど興味のある授業か、上手い教師でなければ。いま教壇で喋(しゃべ)っている柳川は学歴は素晴らしいと聞くが、教師としてはお世辞にも巧者とは言えなかった。

「……というわけで、この『じ』は〝打消の推量・意思〟を意味するから、意味は『暮らしはすまい』。未然形接続は覚えてるな？」

柳川は生徒の学習能力を全く信用していない口調で言いながら、黒板の文章に傍線を引き、活用を書き、意味を書き込んでいた。

野犬に咬まれたという足を引きずり、神経質そうに黒板の前を歩き回っている。

説明書のような授業、と亜紀はこれを形容していた。教科書をなぞるだけ。その程度の授業なら別に教師など必要ない。言葉の端々に強烈なプライドが見え隠れする柳川の授業を見ながら、亜紀はそこまで威張るような授業でも無いだろうに、と思ったものだった。

多分、柳川は教師になる前からずっと古典が得意だったタイプなのだろう。

古文という科目に適性があり、特に一生懸命勉強しなくても古文を理解し、良い成績を取り、その末に教師になったのだと思う。

自分は黙っていてもできたので、できない人間がなぜできないのか全く理解できない典型的なタイプ。できない者のポイントというものが理解できない。理解できないからできない者には教えられない。そしてできる者は、そもそも往々にして教えてもらう必要が無い。

そして柳川は、自分以外の人間に興味が無いのだ。

生徒も給料のための面倒、足手纏い(あしでまとい)としか思っていない。

人が嫌いなのだ。

亜紀と同じく。

だからどちらも、教師には向かない。

「……サボリの次は居眠りか。いい御身分ですなあ。木戸野さん」

突然、ばん、と激しく机が叩かれた。

びくりと一瞬震えて、亜紀は覚醒した。周囲がみるみる明度を取り戻す。身体が活動を再開し、体温が上がって軽い涼感を感じる。

くすくすと数人の忍び笑いが聞こえた。

いつの間にか、亜紀は眠ってしまっていたらしかった。

脇には柳川が立っている。柳川は教科書を手に持って、亜紀を見下ろしている。

その教科書で、柳川は机の上を叩いたのだ。筆入れが跳ねて、床に落ちていた。筆記用具が周りに散らばっている。柳川は神経質な視線を銀縁眼鏡から向けて、頰に引き攣った作り笑いを浮かべている。

「余裕ですなあ」

柳川は例の、絡みつくような口調で言った。

「前に出て訳してみるか？」

できるわけ無いだろうが、と悪意に満ちた態度だった。

むっ、と反感が先に立った。険を含んだ目つきで、亜紀は柳川を睨め上げた。

柳川の作り笑いが消える。

「……ノートも取ってない。何しに学校に来てるんだ？　お前は」

柳川は言って、もう一度強く机を叩いた。

「やる気が無いなら邪魔だ。出て行きなさい」

「……」

「何だ？　その目は。文句があるのか？　言ってみろ」

柳川の声は苛立たしげに響く。

亜紀は何も言わない。

文句などある訳が無い。悪いのは当然、居眠りをしていた自分なのだ。その辺りは充分に理解しているつもりだ。だからこそ亜紀は、今の所は何かを言うつもりは無かった。

反省はしている。

だが個人的な感情とは、また別だ。

反省、自制、羞恥……それら全てを差し引いても、柳川の言い様は気に障った。いつもなら適当な謝罪でも口にして受け流す事も出来るだろうが、そうするには今日の亜紀は疲弊し過ぎていた。

お互い歪んだプライドの持ち主同士だ。

かねてから感じていた近親憎悪もあったのかも知れない。

まあいずれにしても、何かを思ったところで〝理由〟などは後付けに過ぎないだろう。とにかく亜紀は不快で不満で、しかし反抗するつもりは無いのだから、恭順の沈黙と、そして不服従の視線をもって、ただ柳川を見上げる以外に示すべき行動は何も無かった。もちろんそれは柳川にとって反抗以外の何物でもないと、亜紀も理解していた。

「文句があるなら聞いてやるぞ。言ってみろ」

「……」

徐々に大きくなる柳川の声。

「言ってみろ！」

また教科書が振り下ろされ、ばーんという大きな音が教室中に反響した。

その剣幕に、微かにざわついていた教室がぴたりと静かになる。

亜紀は俯いて、口を噤む。

恐れたのではない。自分の中で膨れ上がる反感を抑えかねたからだった。このまま柳川を見続ければ余計な反論を口にしてしまう。そこまでして争う価値は、柳川ごときには無い。

しかしここまで来ると、もはや亜紀の一挙手一投足が柳川の神経を逆なでする。

柳川は急に、声を低くした。

「……お前は何のために学校に来てるんだ？」

言いながら、俯く亜紀の頭を教科書で叩いた。

「この授業に居るからには文系だろう？　古典ができないのは致命的だよな」

そのまま、亜紀の頭をぱしぱしと叩き続ける。

亜紀の眼鏡がずり落ちる。それを直しもせず、亜紀は沈黙する。

「それを怪我だと言ってサボり、挙句に居眠り。お前は何様のつもりだ？」

「………」

「わざとらしく包帯なんぞ巻いて、甘えるんじゃない！」

「！」

ばん、と駄目押しに強く一撃された。眼鏡が硬い音を立てて、床の上に落ちた。

強く噛み締めた、亜紀の奥歯が軋んだ。強く押し殺した感情の器に、静謐な憎悪が満ちる。

「……いいか、俺はそういう甘えた人間が一番嫌いだ……」

柳川の演説は続く。

柳川黙れ。亜紀は心の底からそう念じる。

亜紀の額には汗が浮かんでいた。亜紀は必死で抑えていた。いま亜紀が殺しているのは、もはや感情だけでは無かった。亜紀の胸の中では憎悪と共に、急速に自分でも理解できない、得体の知れないモノが湧き上がっていたのだ。

それは衝動に似ていたが、決して自分の物では無かった。

胸の、心臓の奥の方から、明らかに自分のものでは無い感情が、塊になってせり上がって来るのだ。

鼓動が速まり、全身の血液が脈動した。

胸が苦しくなって、息苦しさで喘いだ。

これは何？　亜紀は自問する。答えはどこからも出て来なかったが、これだけは一つ、解っていた。

駄目だ。

血の奥底から湧き上がる、この得体の知れない衝動を外に出せば、必ず忌むべき事態が起こる事だけ、何故だか理解できた。それは殺しておくべきものだった。それは亜紀の感情と同じように、外に出してはならないモノだった。亜紀は耐える。目を閉じ、歯を食いしばって、高まる内圧を必死で抑えこむ。だが、下を向いて黙りこくる亜紀に、柳川はついに激高した。怒鳴り声を上げ、それ以外の行動を忘れたかのように教科書を机に叩き付けた。

「高校生にもなって、そんな甘えは許されんぞ！」

「…………！」

「受験生だぞ！　自覚があるのか！　自覚がないなら出て行け、受験なんぞ止めてしまえ！　そんな覚悟で大学に行ってもロクな事にはならんぞ！」

がり、と奥歯が音を立てた。やめろ、ヤナガワ、私を刺激するな……！

「出て行け！」

私の中のモノを刺激するな……！

「お前のような奴は授業の邪魔だ！　出て行け！」

駄目……！

「聞こえんのか！」

あ……あ…………！

――――どくん

「…………柳川……」

口をついて、亜紀は呟いていた。

柳川は何を言われたか理解できなかったのだろう、一瞬口を噤んだ。だが、やがて前にも増した怒気を込めて、呻くような言葉を吐く。

「何だ、その口の利き方は……！」

「………！」

亜紀は俯いたまま、膝の上の手をぎゅっと握り締める。

限界だった。

一人歩きした憎悪の塊が、胸の底から噴出した。

完全に抑えられるだけの精神力は、もう無かった。

「何だ、いま何て言った！　もう一度言ってみろッ！」

裏返りかかった、柳川の怒声が亜紀に浴びせられた。

亜紀が、ぽつ、と口を開いた。

「柳川――――黙れ」

瞬間、誰かが席を蹴って立ち上がった。

そして、

「……伏せろ！」

と空目の――――たったいま突如として席から立ち上がった、空目の鋭い叫びが、教室に響き渡った。

直後、

「!!」

教室が、窓の外に炸裂した強いオレンジ色の閃光で満たされた。そして、があん!! という何も聞こえなくなる程の大音響と、白色の光と共に、南面に並んでいる大窓の窓ガラス全てが、一斉に爆散破裂した。

落雷。そう気付く間も無かった。

無数の生徒の悲鳴と怒号が爆発し、雨と風とガラスの破片が滝のように生徒達の上へと降り注いだ。一瞬で教室は地獄と化した。その瞬間誰もが目を閉じ、あるいは手で覆い、そうでない者は飛び散ったガラスによって、さらに酷い結果を招く事になった。

雨の匂いと血の匂い、そして何故か獣の匂いが教室に溢れ、呻き声、泣き声、叫びなど、不幸な生徒の苦悶が悪夢のごとく空気を振わせた。

蛍光灯が消え、薄暗い部屋に雨が吹き込み、床を流れる水には朱が混じった。

みな恐慌状態に陥り、まともな行動を取れる者は片手の指にも満たなかった。

呆然と、生徒達は雨の吹き込む教室に立っていた。さもなくば座り込み、あるいは倒れ、傷のもたらす恐ろしい苦痛に絶望的な声を上げていた。

「……何だ……今の………」

誰かが呟く声が聞こえた。

亜紀は俯き、歯噛みした。居たのだ。亜紀の他にも、あれを見た者が。

黒い、獣。

大窓が破裂した刹那、ガラスの破片と共に外から次々教室に飛び込んだ、凄まじい数の黒い獣の影を。

「…………!!」

亜紀は震えていた。亜紀は見たのだ。

教室に飛び込んだ獣の群れが目の前の柳川へと一斉に飛びかかり、次の瞬間ガラスの雨に覆われ――――そして目を開けた時には、柳川も獣の姿も諸共に、どこかへ消え失せてしまわれっていたのを。

柳川が、瞬きする間に消えてしまったのを。

亜紀はその時、柳川の最期の声を聞いていた。

柳川はあの瞬間「ぎゃ……」と叫びかけ、そのまま喉首を鷲掴み(わしづか)にされたような潰れた声を残して、消えてしまったのだ。そして今、亜紀の耳には生肉を貪るような濡れた音が、聞こえていた。

そして微かな、亜紀にだけ聞こえるような本当に微かな音と共に、先ほどまで柳川が立っていた場所から、尋常ではない量の血液がみるみる湧き出し、雨に流れ出していた。俯く亜紀の視線は、それを見下ろしていた。

亜紀は全てを理解した。

亜紀はよろめき、躓き(つまず)ながらも後ずさり、教室から廊下へ出た。

出た途端、背中が誰かとぶつかった。振り向くとそこには、あやめが教室の光景を見て、愕然(がくぜん)とした表情で立っていた。あやめは真っ青な顔で亜紀を見、教室を見、そして口元を押さえて、一歩後ろに引いた。

――――彼女には、見えている。

亜紀は居たたまれなくなって身を翻し、そこから駆け出した。

亜紀は廊下を、渡り廊下を、ひたすら走り抜けた。集まって来た教師とすれ違ったが、その呼び声にも応じなかった。

目的地は、ただ、ひとつ。

四章　グリモワールの夜

1

「……居たか？」

「ううん、全然見当たらないよ……」

　薄暗い渡り廊下で出会った武巳と稜子は、顔を合わせるや、まず何よりも先にそう言い交わした。二人が探しているのは他でもない、亜紀の姿だ。空目も俊也も、今は学校内のどこかを探しているはずだ。居なくなった亜紀を探して、皆は今、学校中を駆け回っている。

　かれこれ一時間近く探しているが、亜紀の姿は影も形も見えない。

「どこ行ったんだ……？」

「……」

　武巳は呻き、稜子は泣きそうな表情で下を向いた。

　慰めようにも、自分も焦っていて適当な言葉が見つからない。

＊

——落雷の直後、亜紀は姿を消した。

授業は全て中断され、用の無い者は下校するよう、生徒には通達があった。

落雷したのは煉瓦の外壁を持つ一号館の、脇にある桜の大樹だった。確かに大きな樹だったが、その傍らにはもっと高い校舎と避雷針があったのに、雷は樹の方へと命中した。

そしてその結果、最も近くにあった一一〇一教室が惨事となった。

武巳を始めとして全員が、同じ教室でその事故に遭遇した。多くの生徒と同じく皆が軽傷で済んだが、救急車と警察が詰めかけて、一号館は立入禁止にされ、学校全体が騒然とした雰囲気に包まれた。詳しい状況は不明だが、教室で授業をしていた柳川が行方不明だと噂になり事故の後から何度も校内放送が柳川を呼んでいた。それでも柳川は現れないらしく、救急車が残らず去った今も、まだ放送は続いている。

亜紀も未だに、見つからない。

「——木戸野が逃げた、探してくれ」

空目がそんな事を言い出したのは、事故のあった、その直後の事だった。

「今の落雷は木戸野関係だ。詳しい話は後でするが、早く見つけて確保しないと、何が起こるか判らんぞ」

雨とガラスが散乱した教室で、空目が珍しく態度に焦りのニュアンスを込めて、言った。

照明が落ちた、薄暗い教室で。

その隣にあやめも立っていて、武巳は驚いた。少なくとも、校舎の中に居るあやめを武巳は今まで一度も見た事が無かったのだ。

あやめは人のいる校舎、特に教室には、普段ならば決して入っては来ない。あやめの顔色は心なしか悪く、空目の頬を一生懸命ハンカチで拭いていた。空目が軽く眉を顰める。ハンカチには赤い染みが広がっている。頬に切り傷があった。ガラスの破片は武巳も浴び、髪の中がちくりとした。幸いにも大した事は無さそうで、武巳自身は服を払うだけで済んだ。

「木戸野がどうしたって？」

「逃げた、と言った。まだ校内に居ると思う。近藤も探してくれ」

空目は片手であやめを引き離し、周りを見回した。俊也と稜子が、それぞれ服のガラスを払いながらやって来た。

「亜紀ちゃん、学校に居るの？　家に帰ったとかじゃなくて？」

「ああ。おそらく間違いない」

稜子の問いに、空目ははっきりと断定した。

「まだ獣の匂いがする。この匂いは三日前から木戸野の周辺について回っていた。校内でこの匂いがする以上、木戸野は学校の敷地内か、その周辺に必ず居る。だが残念ながら、これは木戸野そのものが持っている匂いではなく、周囲に存在する独立したモノの匂いだ。かなり広く捜索しなければならない」

それを聞いて、稜子はおずおずと口に出した。

「……もしかして……気付いてたの？　魔王様」

「勿論だ。あれほど異常な匂いに気づかない訳が無い」

「いつから？」

「ほぼ最初からだ」

それを聞いて、稜子は上目遣い気味に空目を睨んだ。

「……何で教えてくれなかったの？」

「訊かなかっただろう」

あっさりと空目は言った。

「まあ、それは理由の半分だが。もう一つの理由は木戸野に気取られたくなかったからだ。だから木戸野が同席中の問いは無視したし、そのものを訊かれでもしない限りは、教えるつもりも無かった。日下部の態度が変わると木戸野は気付く」

「そんな……」

「木戸野は頭が切れる。そして俺達から離れようとしている。十分な情報を持って対応されると厄介だ。逃げ切られて手遅れになりかねない」

時間が無い、と空目は身を翻す。もう問答無用で捜索を開始するつもりだ。それに稜子は気付いたのだろう。一言こう言った。

「最後に一つだけいい？」

「……聞こう」

「何で亜紀ちゃんは、私たちから逃げるの？」

空目は数秒考えた。そして、
そう言った。

「日下部。お前は少々自分の価値を過小評価しているようだな」

「つまり木戸野にとって、日下部は少なくとも危険に巻き込みたくは無いと思うくらいには重要な存在だという事だ。少し自覚の必要があるかも知れんな。お前は常に木戸野に庇（かば）われ、許されている。気付かなかったか？」

「…………！」

それを聞いた途端、稜子の顔が形容しがたい表情を作った。泣きそうな、怒ったような、そのほか様々な感情が激しく入り混じった表情。やがて稜子は吐き出すように叫びかける。

「そ――そんなのって――――！」

「ありがた迷惑、か？」

稜子の言葉を、空目が静かに引き取った。

「……！」

「だが、そんなものだ」

空目はそう、冷静な声で言った。

「この種の感情は常に一方通行だ。だから悲劇は無くならないし、喜劇も無くならない。人間とは不合理な生き物だな。日下部も人間として今まで生きて来た以上、それは知っているはずだ」

その言いようは空目らしい達観だったが、しかし気のせいか同時に、それを悲しんでいるようにも聞こえた。思わず皆、言葉を無くした。空目はそして、元のように顔を彼方(かなた)に向ける。

「時間切れにしよう」

そう言って、空目はガラスを踏んで歩き出した。

もうこれ以上は何も言う気は無い態度だ、あやめが慌てて後に続く。俊也も松葉杖の割に、身軽に身を翻す。

「お前らは、まずクラブ棟方面を探してくれ」

俊也はそう言って、すぐさま空目とは別の出口から出て行った。後には二人が残された。教室には徐々に人が集まり始め、この惨状を収拾するための活動が始まっていた。稜子はじっと床を見つめていた。

「稜子……」

声をかけると、きっ、と稜子は顔を上げて、一歩踏み出した。

「あのさ、大丈夫？」

「うん大丈夫。行こう、武巳クン」

カラ元気と言うには悲壮な感じがしたが、ともかく稜子は武巳を促した。

大股に歩き出す稜子に、武巳は様子を気にしながらも、その後を付いて行った。稜子の調子は、いつも通りからは程遠いものに見えたが、そんな稜子にかける言葉は、武巳には見つけられなかった。

＊

……しばらく経って、武巳と稜子は、一号館にやって来た。

ずっと早足で歩き回っているので、若干息が上がっている。スタート地点に戻って来た形な訳だが、散々探し回っても亜紀を見つけられず、そのうち最初にいた一号館はまだ探していないという事実に思い至って、今になって戻って来たのだ。

校舎の入り口には三角コーンが並べられ、侵入禁止の張り紙と、テープが張られている。所々に先生の姿が見える。一時期は何人も来ていた救急隊は、もう怪我人を運び出し終えたのか、見たところ姿は無い。

武巳と稜子は、先生の目を盗んで、開け放された入口から中に入り込んだ。厚い雨雲に覆われた夕方。停電したままらしく、廊下はひどく暗かった。

周囲を窺(うかが)って歩きながら、武巳は小声で呟く。

「……大丈夫かな」

「うーん、どうかな。でも、行かないと」

稜子が答える。一号館には職員室もある。もし教員の誰かに見つかって、怒られでもしたら面倒だ。

強制退去にでもなったら目も当てられない。

まだ武巳たちは、手がかりの一つも見つけていないのだ。

「その時は、その時だよ」

稜子は意外にあっさりと言い切る。その割に表情が暗い。度胸というより、不安や混乱ですっかり感覚が麻痺(まひ)しているのだろう。

多分、武巳の方が冷静だった。

単に武巳が鈍いだけなのかも知れないが。

廊下は救急隊を始めとした多くの人間が出入りした後の、濡れた靴跡で泥だらけになっている。その廊下を早足で、並んで歩きながら、武巳は声を潜めて稜子に話しかける。

「なあ……木戸野さ、どうしちゃったんだろう」

「分かんないよ、そんな事！」

問いに対する稜子の声は、必要以上に強かった。

廊下に声が響く。本人もそれに気づいて、慌てて声の調子を落とす。

「………か、勝手だよ。巻き込みたくないから、逃げるなんて。こっちの気持ちを全然考えてないよ」

「まあ……そうだよなぁ」

トーンを落とすと急にか細くなった稜子の声に、武巳は取り敢えず頷く。だがあの教室の惨状が自分のせいなら、皆から逃げたくなる気持ちも判る。

「でも大事に思われてるって事じゃん」

そう武巳は言ったが、それは稜子にとって、慰めになっていないらしい。

「それが嫌なの。お荷物だって思われてる訳でしょ？　確かにそうかも知れないけど、こんな時だからこそ相談くらいして欲しいよ。みんなだって居るのに」

稜子は唇を噛む。

「それに前に居なくなった魔王様を探した時だって、村神クンを説得したのは、亜紀ちゃんだよ？　自分も魔王様の友達だから、って。それなのに自分の時はこんな事して、亜紀ちゃんは全然わかってないよ」

言いながら稜子の声は徐々に湿っぽくなって行く。

亜紀や自分や、そのほか色々なものに対して、怒って、悲しんで、それでもそれに耐えてを繰り返したのが、言葉にするうちに噴出して来たのだろう。

「あ……でもさ……」

武巳は、何か言ってやらないと、と思って、それだけ口にしたが、残念ながら後が続かなかった。そのまま沈黙する。

「でも、何？」

「あ…………えーと、ごめん。何も思い付かなかった」

頬を掻いてばつの悪い顔をする武巳に、稜子は最初きょとんとして、それから小さく吹き出した。

「なにそれ？」

「……ごめん」

「ううん……ありがと。励ましてくれようとしたんだよね……」

小さく笑いながら、稜子は言う。

「笑うなよぉ」

「ご、ごめんね。でもそんな事言ったたって……」

怪我の功名と言うのだろうか。笑いが止まらなくなっている稜子に、武巳は少しばかり憤然として、やがてすぐに笑いが伝染した。

緊張の反動で笑いが次々こみ上げる。

暗い廊下で立ち止まって、二人はくすくすと、涙目で、理由も無しに笑い続ける。

「――――何してるの？」

「わあ！」

突然声をかけられて、二人は文字通り飛び上がった。

すっかり忘れていた。ここは立ち入り禁止の一号館だったのだ。

狼狽して振り返る。だが、そこにいたのは教職員では無かった。小柄な少女が立っていた。

二人とも知った顔だった。

――――十叶詠子。

まず教員では無かった事に、とにかく武巳は安堵した。

詠子は微笑を浮かべると、二人をまじまじと観察して、口を開いた。

「何してるの？　こんな時間に。下校時刻、とっくに過ぎちゃってるよ？」

「あ、いえ……」

武巳はまだ動悸が収まらず、思考も纏まらない。適当に誤魔化してこの場は立ち去ろうと考えた。咄嗟の言い訳が口を突いて出る。

「……あの、忘れ物を」

「木戸野さん、でしょ？」

「！」

言い訳に割り込むようにして、にっこり笑って言う詠子に、武巳は一撃で言葉を失くした。思わず稜子と顔を見合わせる。

「な、何で……」

「そこで二人と会ったの。〝影〟君と〝シェーファーフント〟君に」

「あ、なんだ……」

驚いて損をした。見れば稜子が、何の事かと不思議そうな顔をしている。陛下と村神の事だよ、と武巳は説明する。

「でも残念だったね」

詠子が微笑った。

「木戸野さんはつい先程、帰っちゃったよ」

そう言ってお気の毒さま、と肩を竦めた。武巳と稜子は驚く。

「え!?」

「さっきの二人にも言ったけど、入れ違いだったねえ。私が送り出したとこだよ、十分前まで居たのにね」

くすくすと笑う詠子。武巳は訊ねる。

「それで陛下……いや、空目と、村神は？」

「そこに居ると思うよ？」

詠子は廊下の突き当たり、一一〇一教室を指差す。

「あ、ありがとうございます」

「がんばってね」

慌てて駆け出す武巳に、詠子はそう声をかけた。

「……良い物語を」

武巳はそれを聞き流した。今はそんな場合では無い。

廊下を遠ざかる武巳と稜子を見ながら、詠子はそっと呟いた。

「だって、君達(きみたち)も、よく見れば味のあるカタチをしているものね？」

〝魔女〟は微笑み、そして静かに歩み去った。

後にはくすんだ灰色の闇だけが、廊下に満ちていた。

2

惨劇のあった教室は、すでに暗闇に包まれていた。

その中で、ぽつ、と小さな光が踊る。

…………


武巳と稜子がやって来た時、中にはすでに三人が居た。

入った途端、床に散乱していたガラスを踏んで、その音に気づいた俊也とあやめが二人を振り返った。

「……何やってんの？」

武巳の問いに、俊也が答える。

「火事場泥棒だな」

「……」

多分冗談だろう。俊也は真顔で冗談を言うので、武巳としてはやり難かった。判断に苦しむ事が多い。

「亜紀ちゃんは？　追いかけなくていいの？」

今度は稜子が尋ねる。

「家に帰ったのが判っているなら、急ぐ必要は無し。他のどこかに行かれたなら追いかけようが無いから、やっぱり急ぐ必要は無し……との事だ」

「……」

多分、空目がそう言ったという意味だろう。む、と隣に居る稜子の雰囲気が、ちょっと納得いかないという感じになる。

全損した大窓には、ビニールシートが掛けられていた。

ほぼ夜と言っていい外の、ごく僅かな光は、それに遮られて入って来ない。

部屋の中は真っ暗だった。その中に一つだけ、光が点(とも)っていた。空目の側に立っているあやめが持っているペンライト。ぽつん、としたそれだけが、現在この部屋にある唯一の光源だった。

あやめにライトを持たせ、その明かりを頼りに、空目が何かをやっているのだ。

何かを探っている様子だった。俊也の言った火事場泥棒というのも、あながち冗談では無いのかも知れない。

「ペンライトなんか、あったんだ」

稜子が言った。

「空目の持ち物だよ」

俊也が指差す。その空目は濡れたスポーツバッグを開けて、中を探っている所だった。辞書や教科書が、次々と机の上に陳列されていた。武巳達には見慣れたものばかり。

この教室にあったバッグらしい。

これでは本当に泥棒だ。

「………でさ、本当に何してんの？」

「武巳クン、これ亜紀ちゃんのバッグだよ」

稜子がそう言って、腕を突ついた。言われてみれば確かにそうだ。空目は亜紀の持ち物を改めているのだった。

事情を置いておいても、少し興味が湧いた。

「……何か探してるのか？」

「念のためだ」

言いながら空目は、バッグのポケットのファスナーを開ける。

見た事のある白いケースが付いた携帯が出て来た。空目の眉根が寄った。

「返答が無かったが、それ以前の問題だったか」

「あっ……」

武巳と稜子が同時に声を漏らして、携帯を取り出し、顔を見合わせた。二人も電話やメッセージを試みていた。完全に無駄だったという事だ。

そうするうちに、空目の手でもう一つのポケットが開かれた。

あやめがその手元をライトで照らすと、空目の動作が一瞬止まった。

「これは———幸運だな」

「何かあったのか？」

空目がポケットから、くしゃくしゃになった紙を取り出す。

一目で判る。感熱紙だ。そうなれば、心当たりは一つしか無い。

「もしかして、〝三夜目〟？」

「間違いない。文面が違う。とりあえず持って来てはいたらしいな。木戸野自身、どうするか迷っていたのかも知れん」

空目は言い、湿った感熱紙を広げ始めた。机に並べて、それを照らさせる。

びっしりとアルファベットが書き込まれたそれは、武巳には一夜目と同じようなものに見えたが、どうやら文章がまるで違うらしかった。どう違うのかは判らない。武巳は一夜目の文面すら記憶していない。

「……A……D………駄目だ。崩しがひどくて読めないな。多分〈召喚〉の呪文だと思うんだが……」

空目は次々と紙を広げる。書かれているのは殆どがアルファベットの呪文で、後は逆五芒星だった。否、違うものも一枚ある。各辺に文字を書き込んだ二重の三角形があった。中央に円を配している。

「……マジック・トライアングルか」

空目が呟いた。

「周囲に神と天使の名が配された三角形。中央の円の部分に悪魔の姿を喚起する。やはり『ゲーティア』の魔術だな……」

「ゲーティア？」

「魔道書(グリモワール)の名前だ。『ソロモン王の小さな鍵』」

言いながら空目は作業を続ける。と、そのとき開いた一枚には、円に囲まれた奇妙な模様が描かれていた。ナスカの地上絵を彷彿(ほうふつ)とさせる、牡牛(おうし)か何かを図案化したような図象。

瞬間、空目の目が鋭くなった。

「……これだ」

「え？　何？」

空目は答えずに、その紙を丁寧に広げて照らさせ、自分のバッグの中から一冊の本を取り出した。そしてペンライトの光の中にその本を割り込ませ、ページを開きながら観察し始める。

「……何？　その本」

「『ゲーティア』」

さらりと言われたので、武巳は聞き流しそうになった。

一拍遅れて叫ぶ。

「え？ ……えーっ！」

「別に驚く物じゃないだろう。本屋に売ってる市販品だぞ」

「そ、そうなのか？」

驚く武巳に、少し鬱陶しそうに眉を寄せ、それでも説明する。

「オカルトや占いのコーナーに行けば、近藤にだって買える」

「へえ……」

見れば確かに日本語の本だ。武巳は興味深く覗き込む。空目は図象を囲んでいる二重円の隙間に書かれているアルファベットを指差し、読み上げている。

「S・A・B………… 〝SABNOCK（サブノック）〟？」

そう呟いて、ばらばらと『ゲーティア』のページを捲った。数秒と経たずに空目の指は、一つのページに辿（たど）り着（つ）く。

43 〝サブノック〟

銘打たれたページには、感熱紙に書き込まれた図象と非常によく似た文様が描かれていた。

武巳は訊ねた。

「なあ、この模様は何？」

「『ゲーティア』に記された、七二人の悪魔の〈紋章(シール)〉だ」

　空目は答える。

「これはそのうちの一つ、四三番目の悪魔〝サブノック〟の〈紋章〉だ。〈紋章〉は七二人の悪魔にそれぞれに対応したものがあって、召喚から退去まであらゆる命令に際して使用する。逆に言えば使った〈紋章〉さえ判れば、召喚した悪魔の種類が判る道理だ」

　つまりこれが、亜紀への呪いに使った悪魔。

「その悪魔が、〝サブノック〟？」

「ああ。〝サブノック〟〝サブナク〟あるいは〝サブナック〟。悪霊の軍団五十を従える公爵にして、獅子(しし)の頭を持ち、蒼白の馬に乗った姿で描かれる勇壮な魔神。

　塔や城壁、都市を築く力に長(た)ける、とある。傷や腫れ物に虫を涌(わ)かせて腐らせ、じわじわと敵を苦しめる力を持つらしい。他に、術者に良い使い魔を与える、ともあるな。つまり、これらいずれかの効果を期待して行う魔術に、この〝サブノック〟を呼び出す訳だが」

　そこまで言って、空目は急に首を傾げた。

「……しかし、妙だな」

「何が？」

「何で〝犬〟なんだ？　脈絡が無い。傷を腐らせるのはともかく、あれほど強かった獣の匂いの理由が解らない。何故だ？　この魔神では説明できんぞ？」

言った直後に、空目の視線が宙を睨んだ。思考を始めた。

「陛下……？」

武巳の声にも全く無反応だ。眉を寄せ、口元に手をやり、そのまま静止する。こうなったら最後、誰の声も空目には聞こえない。その場の皆、空目を見つめたまま沈黙した。誰も、今の空目の邪魔をしようとは思わなかった。こういう時の空目の思考速度は、誰もが知っている。

数秒。

「────────そうか」

突然、空目が呟いた。

そして見る見るうちに、その形相が険しく変わっていった。〝凶相〟になる。それは他でもない、空目が自身の失策に気づいた、あの時の表情だった。

つまり、この場合の失策とは何か？

そう。とうとう空目は全て理解したのだ。空目は小さく、こう叫んだ。

「そうか、使い魔か！　見誤った！　魔術師は二人いたのか……！」

その内容は、武巳には到底理解できなかった。

「え、それって、どういう事だ？」

当然武巳はそう訊ねかけたが、その瞬間誰かに肩を掴まれ、思わずその言葉を飲み込んだ。振り返ると、俊也が肩を掴んでいる。

「……む、村神？」

だが俊也の目は武巳には向けられていない。その目は緊張した様子で、暗い教室の入口の方へと向けられていた。それを見た武巳は、一瞬で緊張する。

「誰か……居るのか？」

訊くまでも無かった。

直後、廊下に一筋の光が差し込み、足音が聞こえたかと思うと、ぬっと入口に人影が現れ、武巳達にライトの光を向けたのだ。

「……何やってるんだ？　君たち」

人影が呼びかけた。

眩しさに思わず覆った目に、微かに青い、警備員の制服の色が見えた。

3

……面倒な事になった。

暗い廊下を皆と一緒に歩きながら、俊也は内心でそう思っていた。

いつも通りの空目。不安な表情の武巳と稜子。ぞろぞろと歩くそんな五人を先導するのは、青い制服を着た中年の警備員だ。

事故のあった教室で亜紀のバッグを改めていた俊也達は、やって来た警備員にその作業を見咎められ、いま職員室まで連れて行かれている所だった。

「ちょっと来なさい」

そう言って有無を言わさず俊也達を連行する警備員は、明らかに俊也達を火事場泥棒の類だと思っているようだった。先導しながらも時々振り返り、俊也達の方を確認している。

確かに状況的には〝そのもの〟なので、言い訳は難しい。

だが実質的には〝友達の荷物を取りに来た〟訳なので、せいぜい注意で済むだろうと高を括ってはいた。俊也が苛立っているのは、それによって貴重な時間がロスされる事が確定しているからだ。亜紀が今どうなっているのかは知らないが、何とかするなら早い方がいいに決まっている。

「ちっ……」

警備員の不意を突けば、逃げるのは簡単だろう。

そのつもりなら殴り倒す事も簡単だ。だがそれをすると、後々もっと面倒な事になるのは明白だ。それでも必要なら、俊也にはやる覚悟がある。しかし空目が特に反抗のそぶりを見せていない事で、辛うじて俊也はそれをしていなかった。

明々と電灯のついた職員室が見えて来る。

近づくにつれ、武巳と稜子の表情が緊張する。

「入りなさい」

戸を開けて警備員が促し、一同は大人しく皆は従った。警備員が最後に入り、戸を閉める。

広い職員室には人っ子一人いなかった。

「……は？」

そんなはずは無かった。いくら事故があったとは言え、まだ六時台だ。いや、事故があったからこそ、こんな時間に誰も居なくなるなどあり得ない。戸惑う俊也達に構わず、警備員はその場で背後から空目の首根っこを押さえた。

「！」

あまりに唐突だったので、理解が遅れた。

そして理解が及んだ時には、すでに手遅れだった。

俊也の目が吊り上がる。

「てめぇ……っ!!」

「動かないで下さい」

間髪入れずに、警備員のものではない、別の男の声が聞こえた。

「特に〝異存在〟のお嬢さんはお気を付けて。妙な動きをすれば、あなたの〝チャンネル〟がどうなっても知りませんよ」

場にそぐわない柔和な声が、職員室の隅にある応接セットから聞こえて来た。応接自体は衝立(ついたて)に囲われ、誰が居るのか見る事はできない。

俊也が表情を歪める。

あやめの顔から血の気が失せる。

あまりの急な展開に、武巳と稜子は呆然と立ち尽くすだけ。

「やあ、どうも」

衝立の向こうで男が立ち上がった。

長身の初老の男だった。男は全身を、ぴしりと黒いスーツで覆っていた。微かに高そうな整髪料の香りがする。空目は首を押さえられながら、その黒衣の男を、何の色も込められていない表情で見やった。そしていつもの抑揚の無い口調で、平然と一言呟いた。

「〝機関〟──────か」

「御名答」

男は灰色に近い髪をなでつけ、にっこり笑って一礼した。

「わたくし、〝機関〟の芳賀と申します。以後お見知り置きを」

そう言って皆の所までゆったりとした動作で歩いて来ると、名刺を差し出した。

『国家公務員　芳賀幹比古』

名刺にはそれだけが印刷されていた。

「さて、では、話し合いを始めましょう」

動くに動けない皆をゆっくりと見回すと、芳賀は穏やかに微笑んだ。

＊

「君が現代の〝仙童〟、空目恭一君ですね？」

「〝仙童〟……？　ああ、なるほど、そういう考え方もあるか」

芳賀の言葉に、抑揚の無い声で空目が答えた。空目はまだ警備員に押さえられたままだ。頸動脈(けいどうみゃく)の辺りに黒い小さな箱状の何かが押し付けられている。

皆はあれから応接のソファに座らされ、芳賀と対面させられていた。

警備員は無表情だ。本当に警備員なのかすら、今となっては怪しい。

「……せ、仙童って？」

小声で武巳が、誰にともなく訊いた。

「〝仙童寅吉(とらきち)〟。江戸時代に神隠しに遭い、帰って来た子供だ」

空目が面白くも無さそうに答える。

「平田篤胤(ひらたあつたね)の『仙境異聞』に記されている。天狗(てんぐ)によって攫われ、帰って来た時には透視などの神通力(じんつうりき)を身に付けていたという」

「へ、へえ」

なるほど、確かにそれは空目の境遇と重なる部分があるかも知れない。だが、それは相手がそこまで正確にこちらについて把握しているという事だ。

いくらでも警戒するに足る相手。

空目の方へ俊也は目をやる。空目は何を考えているか判らない無表情で、ただ相手を見ていた。

「失礼ながら、仕事ですので簡潔に訊ねさせて頂きます」

芳賀は上品な、好々爺の笑みを浮かべた。

「この惨状は、そこの〝異存在〟のお嬢さんの所為ですか？」

「違う」

「はい。まずはそう言うと思っていました」

空目の答えに対して、芳賀は笑みでもって応えた。

「残念ながら信用できない、というのが現時点でのこちらの答えです」

そう言う芳賀の笑みは張り付けたように一貫している。

その笑みは、今のような状況下では明らかに不自然な異物だった。

押さえられている空目。睨みつける俊也。武巳、稜子、あやめの、怯えたような表情。この緊張状態で、平然とそれを浮かべられる神経は、普通ではない。食わせ物の臭いがぷんぷんする。

「残念ながら我々には、他に思い当たるフシが無いのですよ」

その芳賀は、言う。

「明らかに普通のものではない異常事故と、柳川則彦教師の失踪。〝神隠し〟の所為にでもしたくなるでしょう。そのうえ〝神隠し〟には、一人、心当たりがあるとなると……」

「そうか、柳川は失踪したのか」

「おとぼけですか」

　空目に応えて、すうと芳賀の目が細まる。

「ええ、柳川教師の失踪は確実です。もう書類の上では、警察の案件になっていますよ。それで――ご存知ですよね？　我々はそういう事をする〝異存在〟というモノを駆逐し抹殺するのが仕事です。今は亡きうちの基城が説明したと思います。つまり認めれば君は殺される訳ですから、当然嘘も吐く。誠に残念ながら、無条件には信用できないという訳です」

「……」

　嫌なやり取り。

　じり、と俊也は身じろぎした。『殺される』という言葉に反応したのだ。途端に芳賀が、ちらりと視線を向けて牽制してくる。隙は無い。おそらくだがかなり強い。俊也は歯噛みするしか無い。

「やめておいた方がいいですよ？」

　そんな俊也に、芳賀は穏やかに言う。

「君の身体能力は知っていますが、片足でできる事は高々知れています」

　顎で警備員を示して見せる。

「そこの男とて、徒手空拳で簡単に人を殺せる技術を持っていますよ。勝算の無い事はしない方がいい」

「そうだな」

空目が諦めたような答えを返した。

それでも俊也は聞く耳を持たず、緊張を続けている。

「首謀者にご理解いただけて有難い」

元より俊也には何も期待していないらしく、慇懃無礼に芳賀が頷いた。

「……まあ、そういう訳で、〝処理〟の前に我々は確認に来たのです。この件がそちらの〝神隠し〟の仕業であるのかどうかを〝本人〟に訊きに。なお、これは形式的なものですから、否定、もしくは黙秘したからといって結果が変わるなどとは思わないで下さい。では——改めまして、これが最後の質問になります」

芳賀は言って、笑った。そして先程の質問を繰り返す。

「——この惨状は、そこの〝神隠し〟のお嬢さんの仕業ですか？」

ぎしり、と。

張り裂けそうなほど、空気が緊張した。

全員が沈黙し、俊也はごくりと唾を飲み込んだ。

これは駄目だった。たとえ空目がどんな答えを返しても、芳賀は空目を〝処理〟するつもりだ。文字通り、これが最後の質問になる。その時は――その時に備え、俊也は拳を固く握り締める。

稜子が武巳の腕を掴んで、小刻みに震えている。

あやめの顔色は蒼白だ。

「どうなんです？」

最後通牒なのだろう、芳賀の発した問いを受けて、空目は口を開いた。自分を殺す者達を目前にしながら、そんな事はどうでも良いと言わんばかりの、それはそれは静かな口調で、空目は言った。

「……なら、何故あんたは今まで俺を〝処理〟しなかった？」

それは抑揚こそ薄いものの、心底不思議そうな空目の問い返しだった。

芳賀はしばし沈黙する。そして一拍置いて――次の瞬間、芳賀は世にも可笑しくて堪らないといった風情で、笑い出した。

空目の表情が、何となく憮然としたものになる。

芳賀はひとしきり笑うと、やがて静かに笑いを収めて、空目を見据えて言った。

「……なるほど、報告通り面白い精神性の持ち主ですね。しかも聡明だ。痛い所を突いて来ます」

そう言いながらも揺るがぬ笑み。

「そうですね、折角の特殊なケースなのですから、他ならぬ君には教えておいても面白いでしょう」

俊也は低い声で割り込む。

「どうせ殺すからか？」

芳賀はそれには答えない。

俊也を無視し、芳賀は空目へと身を乗り出す。

「貴方はね、空目恭一君――我々によって特別に許され生かされているに過ぎない『モルモット』、つまり実験動物なんですよ」

「！」

絶句する俊也。

「極めて珍しいサンプルにしてテストケース。例外中の例外なんです。観察の対象として生かしてはいるが、いつでも殺す事ができるよう監視の対象でもあるのです。何しろ君のような前例、今までに数例もありませんからね」

「そんな事だろうと思っていた」

詰まらなそうに空目。

「要するに、貴方がたは貴重なケースとして、見逃されているんです」

「そうか」

「〝人間〟と〝異存在〟、共存できた例はありませんよ。今でこそ危険度が許容範囲のサンプルとして見逃されていますが、必ず貴方は彼女の〝物語〟の一部として糧にされます。君は失踪して、彼女は都市伝説として残る。その都市伝説が、新たな犠牲者を生む。その前に必ずや我々は、君を〝処理〟するでしょう」

「そうか？」

ふと、空目が疑問形を口にする。興味深そうに、芳賀。

「何がです？」

「あいつの〝物語〟を、あんた達が知らないだけだろう」

「そうかも知れません」

芳賀はあっさりと認める。

「でも同じ事です。こういう問題を起こした以上、我々としては君を〝処理〟する以外に選択の余地は無い」

「だから、それは違うと言っている」

鬱陶しそうに空目が言う。

「それをどのようにして、我々に信じさせますか？」

「あんたが聞きたいのはそれだろう。最初からそう言ってくれ。詰まらない駆け引きは時間の無駄だ。あんたはこれが〝神隠し〟の仕業に見えるのか？　あんた達にもそう見えないが、他に手掛かりが無いから、俺達を連れて来たんだろう」

空目は大きな溜息を吐きながらそう言って、腕組みした。

「……では、何だと言うんです？」

「これは木戸野亜紀にかけられた『呪い』が原因だ」

「魔王様！」

稜子が悲鳴に似た声を上げた。確かにこの流れでは、亜紀を処分対象として売り飛ばしたようなものだ。

「ほう」

芳賀が考え深げな表情をする。

そして少し考えてから、突如こんな事を言い出した。

「……木戸野亜紀さんが、とある特殊な家系の生まれである事はご存知ですか？」

「………『犬神筋』か？」

はあ？　と俊也は驚いた。そんな話は今まで一度も聞いた事が無かった。周りの皆も同じような表情をしている。稜子ですらだ。

「ご存知でしたか」

「いや。知らん。だがこの状況で〝特殊な家系〟と言われれば、該当するのはそれくらいだ」

「なるほど」

芳賀は感心した風で頷く。

空目は言う。

「『憑き物筋』――――主に農村で、何らかの使い魔的な霊物を持つと見做された家。多くはその家系の女が継承するとされ、他者の財物を盗む事で家を裕福にしたり、人に取り憑いて危害を加えるなどと言われ、忌み嫌われている」

「ご明察です。我々の調査によると木戸野さんの母方が＊＊県の出身で、その地方では『犬神統』とされる家系でした。実家とされる家も完全に引き払われていまして、どうやら三代ほど前から一族の離散が始まっていたようです。家系が忌まれている土地から離れて行ったのですな。本人も全く知らない可能性もあります」

「あ……！」

と、その話を聞いた稜子が小さく声を上げる。何か覚えがある話らしい。

「『犬神筋』『猿神筋』『蛇神筋』――――一般に『憑き物筋』と呼ばれる家系は、概ね〝異存在〟に近しい家系である事が判っています」

芳賀は続ける。

「どういう事かと言いますと〝異存在〟は物語を媒介に〝感染〟しますが、『憑き物筋』は血統自体が『物語』を保有している家系なのですな。先に〝異存在〟があったために『物語』が生まれたのか、それとも『物語』が〝異存在〟を生んだのかは、鶏と卵の議論になるので今となっては不明です。しかし集落全体が『犬神』という〝異存在〟を共有する訳ですから、過去にはかなりの頻度で発現したようですよ。もっとも『憑き筋』との付き合いを避けたり、最悪『憑き筋』の家を焼き討ちするなどして、〝自浄〟はされていたようなのですが」

にこやかに、陰惨な内容を口にする芳賀。

不快と不気味さと緊張と怒りで、俊也は吐き気がする。

「……しかしなるほど。『犬神』ですか。数人の生徒の証言にあった『黒い犬』にも一致しますが」

芳賀はふむ、と腕組みした手を顎にやって、言う。

「ですがどういう事でしょう？　木戸野さんが『犬神統』だと、知っている人が誰もいません。どうやら君達でさえ知らなかったようだ。それでは〝異存在〟の発生条件は満たされない」

考え込む。その口ぶりでは発生から今までの二時間足らずのうちに、この教室の事故に関してかなりの調査が進んでいるらしかった。

すでに生徒の証言まで取っている。

そこまで知っているなら、〝神隠し〟の仕業、も何も無い。

つまり先程の空目が言ったように、空目にカマかけをして情報を引き出しに来たのだろう。

そして危機感を煽るような事をわざわざ言って、協力させるため。そして見極めのため。本当に空目が関わっていないかどうか。何か知っているかどうか。役に立つのかどうか。そして――まだ〝安全〟なのかどうか。

「一つ聞きたい事がある」

その芳賀に、今度は空目が問い掛けた。

「……何でしょう？」

「あんた達〝機関〟は、『魔術』についてはどう認識している？」

「『魔術』？」

唐突な質問に思えたのだろう、芳賀は少し逡巡して、答える。

「『魔術』……ですか？　おとぎ話のものではない現実の『魔術』についてでしたら我々ではなく欧米の領分ですな。〝異存在〟は文化背景に強く依存するので、文化が変わると全く同じシステムでは判断できなくなるのです。ですが……」

「知ってはいるのか？」

「ええ、欧州にある同種の〝機関〟からの、研究レポートがありますよ。それによると『魔術』の一部は『異障親和性』――すなわち霊感を――活性させる自己催眠訓練の側面があるとされています。我々が科学的な催眠暗示によって行うプロセスを、儀式や呪文、イメージ喚起で代行する訳ですな。そして、『魔術』における異次元的存在――いわゆる『悪魔』や『天使』や『精霊』などには、十分に〝異存在〟が紛れ込んでいる可能性があります。

いや、むしろあちらでは、そちらの方が主流なのでしょうな」

「なら、『悪魔』は？」

「大多数は〝幻想〟か〝妄想〟です。それらを全て取り払った後に、〝異存在〟が残ります。この世ならぬモノを扱う伝統は基本的に人間の根源的な〝畏れ〟へと通じていますから、それらには大抵『魔』が付き纏います。『悪魔』は悪魔学という知識によって強く体系立てられた、普遍性の強い〝異存在〟の形なのでしょうな」

それが何か？　と芳賀は首を傾ける。

空目は、答えなかった。

「……まあ、いいでしょう」

芳賀は寛容さを見せて微笑む。

「では木戸野亜紀さんについて、少しばかり調査をしてみます。情報の提供、感謝しますよ。場合によっては――――」

そこで芳賀は、ふと思い直して、

「――――いや、これは余計な事ですな。失礼いたします」

一礼して、ソファから立ち上がった。空目の座る背後に立ち、始終空目へと手を置いていた警備員も、手を離す。

そのまま教室から出て行く二人に、俊也は思わず安堵の息を吐いた。

終わった。だがその直後、立ち去る二人の背中に、ぎょっとするような言葉を空目が投げかけた。

「…………いいのか？　俺を放置しておいても」

「！」

俊也は戦慄した。相手を挑発するような内容もさる事ながら、その空目の言葉には恐るべき虚無が含まれている事に俊也は気付いたのだ。

命拾いした事を惜しむような、魂の空洞。

空目自身が自覚していない、その深く巨大な〝死〟への渇望。

芳賀は小さく、振り返る。

「……いいですか？」

芳賀は口元の笑みを広げる。

「必要とされているうちが、華ですよ？」

それだけ最後に言うと、芳賀は警備員を伴って立ち去った。どういう歩き方をしているのか足音一つ立てず、二人の姿は廊下の闇へと消えた。

「…………」

戻ってくる気配は無い。

今度こそ、俊也は安堵した。体重を松葉杖に預け、大きく息を吐く。

精神状態が警戒から解かれる。すると、一つ思い出した。そうだ、まず聞いておかなくてはならない。

「そうだ。おい、空目。あれは本当に大丈夫なのか？」

「何がだ？」

「とぼけるな。木戸野を奴等に売っただろう。木戸野は大丈夫なのか？」

その俊也の言葉を聞いた途端、今まで呆然としていた稜子が正気を取り戻す。

「……あ……そ、そうだよ！　大丈夫なの？」

震えの残る声で言う。空目は平然と、言い放つ。

「大丈夫な訳は無いな」

「魔王様っ……！」

「別に俺が罪を被っても良かったんだが、そうなると皆の無事も保証できなかったからな。俺達は全員やつらに〝処理〟されて、木戸野に対する『魔術攻撃』も放置される。そうなれば俺達は全滅する。多少の危険と引き換えなら、この無事は安い」

空目の冷酷とも言える言い分に、稜子が何も言えなくなる。

「そ、それはそうかも知れないけど……」

「俺が何とかできたかも知れんぞ」

　俊也も異議を申し立てる。

「その足でか？」

「……やってみなきゃ、勝ち負けの結果は判らん」

「無駄だな。万に一つも勝ち目はない。本当は判ってるんだろう？」

　珍しく突っかかる俊也に、空目以外の皆は目を丸くする。

「うるせえよ……」

　俊也は目を逸らす。こんな時にしか役に立たない自分が、こんな時に役に立たないのだ。俊也は歯嚙みするほどもどかしく、また悔しかった。

　気まずい沈黙が教室に降りる。


「……よし、そろそろ行くか」


　急に空目が言って、立ち上がった。

「何？」

「行くぞ、今のでアドバンテージは取った。木戸野を救えるかも知れない」

「はぁ？」

いきなりの言い草に、俊也は頓狂な声を上げた。武巳と稜子は、並んで同じようなぽかんとした顔をしている。

「……え?」

「話せば長くなる。説明は追々する」

空目はもどかしそうに目を細めた。

「とにかく、行くぞ」

有無を言わさぬ口調で、空目は言った。

4

「やつら〝機関〟があの〝事故〟の原因に行き着くためには、木戸野についてだけでなく『呪いのFAX』に辿り着く必要がある。本物の魔術が行われているかも知れないという示唆を与えた以上、恐らくやつらは調べざるを得ない。その稼いだ時間で片を付ける」

雨の中、学校から木戸野の家へと向かいながら、空目はそう宣言した。

俊也は確認する。

「やれるのか?」

「ああ、事件の構造はほぼ判った」

　空目は頷いた。そして言う。

「解決については簡単な話だ。『呪いのＦＡＸ』に偽装された、あの〈魔術儀式〉を完成させなければいい。つまり木戸野に今夜、四夜目のＦＡＸを受け取らせなければ状況は改善する。タイムリミットは午前二時」

「……確かに簡単な話だな。今までその話が出なかったのがおかしいぞ」

　やや拍子抜けして俊也はボヤいた。考えてみれば、そもそも今まで受け取っていたのが異常なのだ。もっと早くに止めさせれば良かった。

「木戸野が意地になっていたからな。魔術の効果によって、いくらか精神が誘導されていた可能性もある」

　空目は鼻を鳴らす。

「ああいう性格だ。無理に止めさせるのは難しい。俺からはその選択肢を話題にしないようにしていた。万が一、強く反発されると取り返しが付かなくなる」

「なるほどな……」

　確かにそうなると骨が折れそうだ。俊也は憂鬱に口の端を歪める。

　俊也が黙ると、学校から今まで一度も喋らなかった稜子が、口を開いた。

「ねえ、魔王様。つまり全部、あの『呪いのＦＡＸ』のせいだったの？」

「それは正しい。だが正確では無い」

　ずっと考えていたらしい、そんな稜子の問いに、空目は答える。

「確かに始まりは『呪いのＦＡＸ』だが、事故の原因は呪いじゃない。あれは確かに木戸野が原因の現象だろう」

　そう言った。稜子は訝しげな、同時に不安そうな表情をする。

「……どういう事？」

「魔術師は二人いた」

　その空目の言った台詞は、あのとき教室で口走ったものだ。

「あのＦＡＸは魔術儀式を模したものだと説明したな？　だが、この場合に『魔術』を行っていたのは誰だと思う？」

「ＦＡＸを送信した奴じゃないのか？」

　俊也が言う。

「もちろん、そうでもある。だが五十点だ」

　空目は首を横に振る。

「『魔術』は前に言った通り、術者が自分の意識を変容させるための技術だ。呪文やシンボルでイメージ喚起を行い、魔術師は自分の意識を操作する。だが――――考えてもみろ。それなら呪文もシンボルも、魔術師が自分で所有しておけばいい。わざわざ木戸野に送る必要は無いんだ。それを強いて、木戸野に送らなければならなかったとすれば――――その目的は、絞られる」

はっ、と俊也は気づいた。

「木戸野に読ませるためか……！」

「正解だ。ＦＡＸの主は木戸野に魔術儀式をやらせたかった。そのために、わざわざ魔術儀式をＦＡＸ化し、きちんと頭から受信されるよう、方向まで正確に木戸野に送信した。それを読む事で、木戸野は知らず知らずのうちに魔術儀式を実行させられていた。考えてみれば効果的だな。ゆっくり送信されてくる大量のＦＡＸを見続ければ自動的に儀式が順番に目に入って来る。インパクトの強いデザインにすれば、嫌でもＦＡＸに視線は釘付けになる。相手は知らぬうちに魔術儀式をなぞってしまう。即座に届いて好きなように見る事ができるメールなどと違って、受信が遅く読む順番をある程度強制させる事ができるＦＡＸという道具が、ここでは有効に働く」

「…………！」

「そういうわけで〝送信者〟と木戸野、魔術師は二人いた訳だ。〝送信者〟も送信時にＦＡＸを見るため、儀式は電話回線越しに同時に行われる事になる。〝送信者〟は相手、つまり木戸野を明らかに意識して送るだろうから、同じ〝サブノック〟が得意とする権能の中で、相手へと向ける魔術である『腐敗の呪い』が発現する。逆に木戸野は相手が判らないので、儀式の対象は自分へと向かざるを得ない。結果、〝サブノック〟の持ち権能の別の側面、主に術者自身を対象に使われる『使い魔』に関する魔術が発現する事になる」

空目はそう言って、小さく息をつく。

「そして——木戸野は『使い魔』を得た。自分の血統に眠る『犬神』を」

「それが、あれか？」

「そうだ。あの〝見えない犬〟だ。もしかすると〝サブノック〟は符合に過ぎないのかも知れない。あの黒服が言ったように『魔術』が霊感を開発する効果があるなら、単にFAXを見て木戸野の『霊感』が目覚めただけかも知れない。だが——いずれにせよ『犬神』は、木戸野の害意に反応する。木戸野の潜在顕在を問わず、悪意や害意を読み取って『犬神』は攻撃を行う。『憑き筋』とはそういうものだ。たとえそれを木戸野が本当は望んでいなくとも、そんな事に『犬神』は頓着しない。ひたすら主の〝敵〟に害を為すのが、この『犬神』というものの習性だ」

「……」

俊也は顔を顰める。

「今はいい。〝送信者〟が不明な以上、現在木戸野の敵意は『呪い』自体に向かっている。これが今のところ何とか『呪い』の進行を食い止めている。『犬神』は呪詛（じゅそ）に用いる呪い神という側面があるから、今は『悪魔』と『犬神』が呪力闘争をしている状態だ。だが木戸野は徐々に疲弊し、知っての通り敵意の対象に見境が無くなり始めている。だから——これ以上『呪いのＦＡＸ』を木戸野に受け取らせるのは危険だ。木戸野が追い詰められるほど『犬神』は活性化し、手が付けられなくなる。手遅れになる前に止めなくては、悪循環で取り返しが付かない所まで進行するだろう。特に喚び出した悪魔に〈命令〉を下して魔術の効果を確定させる今夜の〝第四夜〟は恐らく最大のポイントだ」

「でもさ」

武巳が言った。

「誰も木戸野が『犬神筋』だなんて知らなかったんだろ？　だったら何で——黒服の言う通りだとすればだけど——あの『犬神』は出て来たんだ？」

疑問。

武巳は時々、妙な事を憶えている。

だが、それに対する空目の答えは簡潔だった。

「居たんだろう」

「……へ？」

「だから知っている人間が居たんだろう。木戸野が『犬神統』の生まれだと知っている人間が。だから、もしそれを知っている人間がいれば——」

その瞬間、俊也にも空目の言いたい事が解った。

「その人間は、犯人である可能性が高い」

＊

俊也達がやって来ると、その路地には何か嫌な雰囲気が満ち満ちていた。

人通りが異常に少ない。そんな路地から雨の中、こうして外から見上げる亜紀の部屋は、散々な状態だった。路地からはアパートのベランダが臨めるが、窓は割れ、修理はされずにダンボールが張ってあるという酷い有様(ありさま)だ。よく見れば、辺りの道路脇にガラスの破片が、ちらほら光って見える。

それでも亜紀は帰っているらしく、カーテンの隙間からは中の光が見える。

しかしその光は蛍光灯のものではなく、もっと弱い――――恐らくは懐中電灯の光であり、その光が窓を掠めるたびに外に漏れて、中の人間の動きが窺える。亜紀の部屋では電灯か、さもなくば電気自体が使えない状態にあるのは明らかだ。俊也はとりあえず、それだけを見て取る。

「滅茶苦茶だな」

「これ、女の子の住む所じゃないよ……」

つい昨日見たばかりの部屋がこんな状態になっているのを見て、稜子がショックを受けた様子で言う。

「いや男だって嫌だよ……」

武巳も言う。俊也は特に感想は無かった。空目は元より問題にせず、ただ無残な窓を見上げている。

「木戸野は居るみたいだな」

俊也は呟く。

「そうだな、二時までに木戸野を説得すれば、目的は概ね達成される」

空目も頷いた。

「どこか別の場所に逃げていたら、FAXを受け取る事も無くなって、これ以上呪いは進行しなかっただろうがな。ただその場合は木戸野本人を探さなければならなくなっていた。どちらが困難かと言えば、後者だろう」

「そうかもな……」

前回の事件で思い知ったが、人探しとは面倒なものだ。

「まあ十中八九、家に戻ると思っていたがな」

空目は言う。

「根拠は無いが、どうも『呪いのFAX』は暗示の効果が仕込まれているように思える。さっきも言った事だが、継続的にＦＡＸを受け取るように意思を誘導されていたフシがある」

「言われてみると、そうだな」

亜紀はＦＡＸを受け取る事に関して、妙に頑なだった気もする。稜子の説得も、のらくらと躱していた。少なくともまともな判断力があったようには見えない。心神喪失気味でさえあったように思う。

「……じゃあ、行くか」

空目が言って、皆はアパートの階段を上り始めた。

一つ進めるにも、こうして誰かが促す必要があるほど、場の雰囲気は重かった。

階段を上りながら、稜子の表情が暗くなる。どうやら昨日、ここで経験した事を思い出したらしい。見ればあやめも、何やら落ち着きなく辺りを見回している。

しきりに物陰を気にするあやめには、何かが見えているらしかった。

多分――――亜紀の『犬神』が。

俊也は努めて、素知らぬ風を装う。稜子や武巳に気付かれて、騒がれるのは面倒だった。こんな所で恐慌状態になられては困る。それくらいならば、初めから居ない方がいい。

亜紀の家の、玄関の前まで来た。

皆がドアの脇に寄る。空目が呼び鈴を鳴らした。

応答は無かった。しかし中の人間が反応したのが、微かな気配で判った。この中には確実に亜紀が居る。少なくとも俊也は確信する。

「木戸野！」

武巳が呼びかけた。

「話がある、出て来てくれ！」

「亜紀ちゃん！」

返事は無い。

部屋の中の亜紀は、気配を殺そうとしている。だが気配というのは、素人が殺そうとして消せるものでは無い。

不自然な沈黙と緊張は、かえって人間の存在を浮き上がらせる。

少なくとも亜紀には、こちらの声が聞こえているのは間違い無かった。

「木戸野！　いいか、出て来なくてもいいから聞け！」

俊也はそれを承知で言う。

「ＦＡＸは受けるな！　そうすればお前は助かる！」

「……どうやら無駄なようだな」

呼びかけの様子を見ていた空目は、腕を組んで言った。

「木戸野にここを開けさせて、ＦＡＸ付きの電話機を押さえなければならない。木戸野だけが中に居る状態では、電話が鳴った途端に、木戸野は反応してＦＡＸの受信を始めるぞ」

「暗示とやらか……」

舌打ちする。つまり何とかして亜紀を宥めて、玄関を開けさせる必要があるという事だ。そういう事には俊也は向かない。

「まあ、タイムリミットは二時。あと七時間ほど時間はある」

空目は腕時計に目をやる。

「何とかそれまでに説得して……」

そう言って空目が壁に寄りかかった時、ドア越しに部屋の中から、くぐもった電話のコール音が聞こえて来た。


「!」


その瞬間、空目の顔色が変わった。

「……早すぎる!」

いつになく慌てた空目の口ぶりから、全てを察した。

「『呪いのFAX』か?」

「間違い無い! 同時に腐臭が始まった」

「………ちっ!」

俊也は玄関周辺を見回す。

パニックになった稜子がドアを叩く。その音でよく聞こえないが、コール音はすでに消えているようだった。つまり亜紀は、受信を始めてしまっている。

「亜紀ちゃん！　亜紀ちゃん……！」

ドアを叩いて呼びかける稜子を余所に、空目が俊也に訊いた。

「一刻を争う。ドアを破れるか？」

「いや、それなら多分こっちの方がいい」

俊也は玄関脇にある、キッチンの窓に向かった。格子の嵌った細長い窓。その防犯用の格子を、松葉杖が無い方の手で摑む。

「なるほど」

「お、おい、それも無茶じゃないか？」

空目と武巳、それぞれの感想を背に、俊也は二、三度揺さぶるようにして力をかけて、格子の強度を漠然と把握した。本来は高い位置の窓だが、俊也の身長ならば問題は無い。

「……ちゃちに見えたが、意外に頑丈だな」

そう言って松葉杖を、武巳に向けて放った。

「わ……！」

慌ててそれを受け取る武巳。

俊也はそれを見もせずに、格子の右上と左下、肩幅くらいの位置を摑んだ。そして故障中の足を上げ、膝を壁に付けて支えにした。役立たずの足は、そのままでは踏ん張りが利かない。それならば初めから片足の方が良い。

俊也は呼吸を整える。人一倍頑健な心肺が、大量の酸素を軀に取り込む。ぐ、と両腕に力を込めた。腕の筋肉が膨れ上がり、肩と背中が盛り上がった。そのまま腰を落とし、支えの脚に力を入れる。

「…………ふんっ！」

タイミングを合わせて思い切り引いた。全身の筋肉の稼動と全体重が格子にかかった瞬間、ばきん！　と音がして格子がねじ止めの部分から壊れて外れた。反動でひっくり返りかけて、慌ててバランスを取った。全身に力を入れて、何とかブリッジに近い体勢で踏み留まる。

「おっ……と……！」

壊れた格子を投げ捨てて、反動をつけて上体を跳ね上げ、元の体勢に戻った。

「すげー……」

武巳の呟き。俊也は無視して上着を脱ぎ、剝き出しになったキッチンの窓に押し当てると、無造作にその上から掌底を打ち込んだ。鈍い音を立ててガラスが割れる。そこから手を入れて窓のロックを外す。

がら、と窓を開け、振り返った。そして武巳から松葉杖を受け取りながら、俊也は言った。

「近藤、入れ」

「え？……ええ！」

武巳は声を上げる。

「俺じゃ狭すぎて入れないし、空目の運動神経じゃ不安だ。だからと言って日下部を放り込む訳にもいかんだろ」

「そ、そんなこと言ったって……」

「べつに中で喧嘩して来いとか言ってる訳じゃねえよ。鍵開けてくれ」

躊躇する武巳に、俊也は玄関のドアを示した。武巳は、空目と稜子を見る。空目は無言で武巳を促し、稜子は不安なような期待しているような、微妙な表情で武巳を見ている。

「わ、わかった……やるよ」

プレッシャーに負けて、武巳がそう言った途端――――


『――――ああああああああああっ――――！』

中から亜紀の悲鳴が聞こえ、何かが暴れるような凄まじい音が爆発した。壁を殴りつける、あるいは抉り取るような、暴力的かつ破壊的な音。割れた窓から、そしてドアの隙間から、今や俊也達にも判るほどの、強い腐臭が流れ出して来た。

それは俊也が普通に知っている腐臭ではなく、もっと纏わり付くような、激しく異様な匂いだった。嗅いだ経験は無いが、どうやら死体の腐る匂いのようだ。それに獣の匂いが混じり、吐き気を催すような酷い臭気となっている。それでありながら中から流れ出してくる空気は冷たい。開けた冷蔵庫から流れ出す冷気のように、剝き出しの顔や腕をぞぞと撫でた。

中がどんな状態になっているのか、想像も付かない。

悲鳴も、音も、もはや聞こえなくなった。

稜子が泣きそうな悲鳴を上げ、武巳の顔が見る間に青くなった。もう一刻の猶予も無い。俊也は構わず武巳を捕まえた。

「行くぞ」

片足では持久できないので、俊也は武巳の腰の辺りを抱える。そのまま勢いを付けて武巳を持ち上げた。そして俵を投げ込むようにして一気に細い窓の中へと放り込んだ。武巳の上半身が窓に嵌り込む。

「わあ！　わーっ！」

武巳は上半身だけで窓に引っかかり、でも使命は忘れていないらしく、悲鳴を上げながらも何とか部屋へと這い込んだ。キッチンから転げ落ちる音がして、痛そうな悲鳴が上がった。

「無事か？　無事なら早く鍵を開けろ！」

「わ、うわわわ……」

武巳は何やら喚きながらも、玄関に向かった。そして何とか鍵とチェーンロックを外す音を響かせた。ドアが開き、武巳が転がり出て来た。俊也はその武巳を押し除けて、部屋の中へ入った。

「…………っ！」

廃墟と見まがうほど荒れた部屋には、亜紀の姿は無く、代わりに腐臭と冷気、そして血の匂いが充満していた。

冷気と腐臭が開いたドアから拡散し、後には血の匂いが残って密度を上げ始めていた。割れた窓を塞いでいた段ボールが吹き飛び、そこから吹き込む雨風が、部屋に漂う強い血臭を玄関まで運ぶ。見回しても亜紀が居る気配は無い。状況としては、窓から飛び降りたようにしか見えなかった。

「間に合わなかった、か……？」

部屋は凄まじい状態だ。

教室の惨劇を彷彿とさせる、言語を絶する惨状が部屋を埋め尽くしていた。

最初の見立て通り電灯は無くなっていて、それどころか天井自体が何か強い力で抉り取られ、黒い穴に変わっていた。床には血溜まりがあり、それが様々な物品の残骸を赤黒く浸し、さらに獣があちこちを引っ掻き回したかのように、血痕が部屋中に擦り付けられていた。

いくつもの爪痕が壁に刻まれ、また電話機も強く一撃されて、辛うじて形が判るくらいに中央が大きくひしゃげていた。そして今しがた受信したのであろう、十数枚のＦＡＸ用紙は、ズタズタの紙吹雪となって部屋中に散乱していた。

「亜紀ちゃん……」

稜子が玄関に座り込んだ。呆然と佇んでいる武巳は、何と言って良いのか判らない様子だった。空目とあやめが部屋に踏み込み、空目が鼻を鳴らした。その後ゆっくり部屋を見回し、武巳に呼びかける。

「近藤、日下部を頼む。外に出ていた方がいい」

「え？　あ………そうだよな。判った」

答えた武巳がのろのろと稜子を立ち上がらせ、玄関から出た。

俊也が訊ねる。

「……どうした？」

その問いには答えず、空目は血溜まりに落ちた一枚の紙片を拾い上げた。途端にぽろぽろと、感熱紙から何かが零れ落ちる。

蛆虫だった。

引き裂かれ、ばら撒かれた『呪いのＦＡＸ』は、その裏にびっしりと蛆を涌かせていた。まるで未だに、その忌まわしい力を誇示し続けているかのように。零れた蛆は、血溜まりの中でぴちぴちと蠢き、塊となって白い腹を覗かせ、赤黒い亜紀の血にまみれながら活発に動き回っていた。

部屋中の紙吹雪がそうだった。蛆を涌かせ、集らせ、這い回らせて。

床を埋め尽くした『呪いのFAX』の残骸は、ひくひくと無数に蠢いていた。

「…………………！」

流石の俊也も鳥肌が立った。確かにこの光景は、稜子に見せられるものではなかった。空目は呟いた。

「〝サブノック〟の、腐敗の呪いか……」

目を細める。

「この様子なら、恐らくまだ呪力闘争の決着は付いていないな。それは幸いと言うべきだろう」

その言葉に、俊也は不審な顔をする。

「……何でだ？」

「〝返りの風〟が吹くからだ。『呪術』にしろ『魔術』にしろ、人を呪う場合は必ずその影響が自分に返って来るという。それが失敗すれば尚更な。この反作用を、ある流儀で〝返りの風〟という。確かどこかの地方の、陰陽道の流れを汲む民俗信仰で使われる用語だったと思う」

「それが？」

「『犬神』が負ければ木戸野は『腐敗の呪い』にやられる。勝てば『腐敗の呪い』からは逃れられるが、そのうち〝返りの風〟が木戸野を襲う。呪詛も呪詛返しも、元々は割に合わないものだ。元を断たねば誰も助けられない。木戸野はまだ苦しむだろうが、それはまだ助ける余地はあるという事だ。厳しい選択だが、幸いだ」

「……そうか」

民俗信仰とやらはどうでも良かったが、まだ木戸野が助かると空目が考えている事は朗報だった。まだやれる。終わりでは無い。俊也の普段の友達付き合いは淡々としたものだったが、その実、友人の死などといったものには本能的な恐怖を感じてしまう。その恐怖は、今のところ俊也にとって、他のいかなる恐怖よりも強い。

全ては空目に関するトラウマが原因だった。

だがこのトラウマを、俊也自身は決して忌避はしていない。

「で、その木戸野は、今どこにいるか判るのか？」

俊也は空目に訊いてみた。

「判らん」

「だろうな」

まあそうだろう。予想通りの答えではある。だが少し期待をしていた。その気分を振り払うように鼻を鳴らす俊也。

「木戸野に関してはこれで振り出しだな。悪化した部分と、進展した部分がイーブンだ。今から手段を考える。だがそれよりも解らないのは、〝四夜目〟のＦＡＸが、なぜ今日だけこの時間に送られて来たかだ」

「ああ」

確かにそれは、俊也も思う不可解な事態だ。

「まるで俺達が来るのを見越していたような反応だったな」

「そうだ。なぜ知っている？」

空目は床に散らばる感熱紙の破片を拾う。ぼろぼろとそのたびに蛆が溢れ、ぴちぴちと白く床で蠢く。

「見張られているのかも知れん」

「……」

俊也は眉を寄せ、雨の吹き込む窓から外を見やった。

すっかり暗い外には、相変わらずびしょびしょと音を立てて大粒の雨が降り続いていた。湿った空気が、壊れた窓から入って来る。それがますます、部屋の惨状を暗鬱にする。

街を廃墟から見下ろしている構図は、日常にこんな状況が無いためか、ひどく現実離れして見える。まるでここが羽間市ではない、どこか別の場所のようだ。

街は灰色に濡れ、死んだようになっている。

今更ながらに、街というものが人工物だと思い知らされる。

「————？」

ふと気づくと、その停滞した景色に、動くものがあった。

それは白いレインコートを着た人間で、路地の角から不審な動作で出て来ると、部屋向かいにある電信柱の脇へと立った。

そして見上げる。俊也と、目が合う。それはまだ若い男で、俊也達と近い年頃の少年にも見えた。服装体格は雨具に覆われて判らないが、どうやら眼鏡をかけているようだった。

俊也と目が合った瞬間、男は間髪入れずに身を翻した。

「！」

男はそのまま走って逃げ出し、元の路地を曲がって消えた。

「……おい！　今のっ！」

叫んで警告したが、男を見たのは俊也だけだった。慌てて追おうとしたが、片足では流石に無理があった。それでも俊也は部屋から飛び出す。武巳が驚いて、俊也を追いかける。

「どうしたんだ⁉」

「妙な奴がいた！　そこの路地を曲がった！」

追ってくる武巳にそう応えて、俊也は男の消えた路地へと駆けた。杖を突いている俊也を武巳が追い抜き、一番に路地に飛び込んだ。

「ち……！」

俊也も続く。すると武巳が、すでにそこに立ち尽くしていた。角の先にはがらんとした道が続いていた。そこにはもう誰も居ない。

「駄目か……」

間に合わないと判ってはいたが、やはり悔しかった。この手詰まり状態の時に、みすみす手がかりを逃したのは致命的だ。傘を開きながら、慌しく残りの三人が出てきた。俊也は首を横に振って見せる。

「仕方ない」

空目は無表情に言った。

「部屋の中からでは、どんなに早くても見失っていただろう。今日できる事はもう無い。解散しよう」

「でもよ……」

「気持ちは解るが、無い。休め」

「……」

どっ、と疲れが出た。

ぱしゃ、と水溜まりで、見えない何かが跳ねた。

＊

五人そろって、俊也達はとぼとぼと学校前まで戻っていた。

無言で歩く皆は、一様に疲れた顔をしていた。

無理も無い。結局無駄足を踏み、残されたのは、ほんの僅かの希望だけだったのだ。稜子などは今にも泣きそうな顔をしている。

暗い雰囲気の若者の集団に、たまにすれ違う人は怪訝な顔をした。

ただ無言で、五人は雨の中を歩いていた。

学校に着くと、バス停の近くに大きな黒い車が停まっている。その脇に、黒い傘を差した初老の黒服の男が立つ。

「お疲れですな」

芳賀は薄っすらと笑みを浮かべた。

「空目君と村神君は遠いでしょう。よろしければ、お送りしますよ」

そう言って車を、片手で示した。皆は顔を見合わせる。なぜ芳賀がここに？　それぞれの表情が言っていた。

空目は面白く無さそうに鼻を鳴らす。とうに空目は感づいていたようだった。

なるほど、と俊也は正直不快感を禁じ得ない。
何の事は無い。初めから、俊也達は彼らに観察されていたのだ。
芳賀の柔和な笑い顔が、その時の俊也にはひどく鼻に付いた。
いや、それは最初からか。

五人の少年少女と一人の大人が、しばし雨の中で睨み合った。

五章　魔王と魔王の夜

1

時間は少し、遡る。

*

──学校の廊下を、亜紀は走っていた。

惨事の直後、七限の教室から逃げ出した亜紀は、渡り廊下を抜けて中庭へと向かっていた。

亜紀は戦慄していた。

あの時、亜紀は全てを悟った。

全てを、亜紀は理解したのだ。

あそこで柳川に何が起こったのかを。何故そうなったのかを。自分がどうなったのかを。そして今、ここで何が起こっているのかを。

それは『呪い』などでは無い。

だからこそ、亜紀は中庭へ行かねばならなかった。

一号館と二号館を結ぶ渡り廊下。中庭を通っているその廊下は、池を見渡せる位置にある。亜紀はそこに立ち、呼ばわる。渡り廊下に立つ、人物へと。

「…………十叶、先輩……！」

「……うん？」

ずっと、厚い雲の渦巻く空を眺めていた詠子は、振り向いて笑った。

「あら、〝ガラスのケモノ〟さん」

「……！」

そのふざけた呼び方も、今となっては気にならない。いや、気にする理由が変わった。低く、鋭く、亜紀は詰問する。

「十叶先輩……あれは、一体、何なんですか⁉」

詠子は微笑み、首を傾げる。

「あれ？」

「"見えない狗"です！」

あの"予言"をした詠子が、全く何も知らないなどとは考えられなかった。亜紀は強い調子で言い放つ。

詠子は応えて無邪気な笑みを浮かべた。

それはとても嬉しそうな、ようやく自分の言う事を解ってもらえた子供の笑顔だった。

「知ってるんでしょう? あれを!」

「うん、だって、私は〝魔女〟だからね」

そう言って、胸を張る。

「言ったでしょう? あなたの魂のカタチだって」

「それは、そういう意味じゃ無いでしょう!?」

「その意味だよ。同じだよ。ガラスのように透明で、見えないケモノ。ちょっぴり凶暴な、ね」

「……………!」

「自分が何者かも知らず、それに振り回されるのは可哀想だもんねえ」

絶句する亜紀。詠子は、くす、と小さく笑い声を漏らす。

「だから教えてあげたの。あなたの血肉が、魂が、その中に〝透明な狗〟を棲まわせてるって。

知ってた？　これって、〝イヌガミスジ〟って言うんだよ？」

「……」

判る。〝憑き物筋〟の知識くらいは、亜紀にもある。

「私の所為で、柳川は死んだの？　私はそこまでは望んでないのに！」

「知ってるでしょ？　そういうものなんだよ、『イヌガミ』は。あなたの血統に潜んで、主人の極々小さな望みにも反応するの。主人の願いを叶えるためにその呪力を振るうの。でも動物にできる事って、知れてるよねえ」

可愛いよねえ、と詠子は笑った。

そんな力は忌まれて当然だと、亜紀は思った。怒るな、妬むな、恨むな。亜紀の教えられた母からの教育が、今更ながらに思い出された。恐らく、母はこの事を知っていたのだろう。亜紀は、きり、と唇を噛む。

「……で、これは一体、何？」

「うん？　だから『イヌガミ』……」

「そんな名前や由来はどうでもいいの、これは一体、何？」

その亜紀の言葉に、詠子は、きょとん、とする。だが次の瞬間、詠子は満面の笑みを浮かべた。思わぬ所で素晴らしい物を見つけてしまった子供のように、詠子は心から笑って、こう言った。

「凄い凄い。あなたはやっぱり面白い人だね。普通はそこまで気にしないよ。名前や由来を知れば大体の人は安心するもの。本質を見る目があるのは凄い事だよ」

「御託は聞きたくありません」

「うん、分かった」

一蹴されても、詠子は嬉しそうだ。

「でも、そういう事なら私じゃなくて、私の友達に聞いた方がいいと思うよ」

「友達？」

「そう。あなたの後ろにいる、私の友達」

「！」

言われた瞬間、気付いた。

いつの間にか、全く気付かないうちに、自分の背中合わせに、一人の影のような黒衣の男が、ぞ、と立っていた。

「…………っ!?」

振り向かずとも、亜紀には判った。

男の纏う闇の外套(がいとう)、三日月形に嗤(わら)う口。

その小振りの丸眼鏡までも、それらがまるで大昔から知っている知識のように本能的に理解できる。それはあたかも『彼』が、人間の潜在意識に刷り込まれている、普遍の存在であるかのようだった。

雨音が、知らぬ間に消えている。

気がつけば、そこは中庭では無くなっている。

渡り廊下はそのままに、その周りの景色は、闇の荒野が広がっていた。

砂色の荒野が永遠の地平線まで続き、空は、彼方は、ただ一色の闇だった。

荒野にはオベリスクのような奇妙な構造物が点々とし、それがただの荒野であるよりも荒涼とした雰囲気を強調していた。

それは石のようでもあり、金属のようでもあった。

また彫刻のようでもあり、機械のようでもあった。

真新しいようでもあり、風化しているようでもある。

目的あるようにも見え、無意味にも見える。

荒野にはひたすら、そんな物体が重力を無視して伸び上がり、斜めに傾ぎ、あるいは大きく弧を描いて、廃墟のごとく彼方まで点々と存在していた。

それは絵本にあるような、『異界』の荒野だった。

闇だというのに、荒野は彼方まで見渡せた。無限に月明かりが照らしているかのように、どこまでも。それでいて光など、そこには存在しない。

「――ようこそ。我が名も無き庵(いおり)へ」

背中合わせの『彼』は嗤った。

目の前に居た詠子の姿は、いつの間にか消失していた。

亜紀は呟く。

「神野(じんの)――陰之(かげゆき)……？」

「その通り」

神野は笑みを含んだ声で肯定する。

この『彼』の話は俊也と武巳から聞いていた。一から十まで眉唾物だった。だが今の亜紀ならば理解できた。その実在も。その力も。そしてそれを呼ぶには霊能者という呼称は、到底相応(ふさわ)しいものでは無いという事も。

『異界』の異様な静寂が、二人を包む。

「質問に答えてくれますか？」

亜紀は言った。今、『彼』について云々(うんぬん)するつもりは毛頭無かった。

「言ってみたまえ。『私』はそのために、今ここに居る」

神野は応えた。その声はどろりと、纏わりつくように甘い。

亜紀は、例の質問を繰り返した。

「あれは一体、何ですか？」

「『狗神』、だよ。君が祖先から受け継いだ、その血の中に眠る力だ」

神野も、今まで行われた答えを繰り返す。

「そんな答えじゃ納得できませんね」

一言で亜紀。それを聞くと、神野はさも可笑しそうに笑い出す。

亜紀は不服そうに、神野に言う。

「……何か？」

「いや、確かに君は面白い人間だよ。十叶詠子も言っていたように、普通は『血筋』や『遺伝』を理由にされれば根拠も無く納得してしまうものだ。あたかも『遺伝』が人間を構成する最小元素であるかのようにね」

くつくつと、神野は笑った。

揶揄するようなその響き。亜紀は不快気に眉を寄せる。

「世界はこんなにも悪夢なのに、君はまだ普通の夢を見ようとしている……」

「……は？」

「いや、君は全く正常だよ。『遺伝』、『血統』、そんなモノに惑わされない君の理性は知恵ある生物たる〝人間〟として全く正常なものだ。正常だとも。だが正常すぎて、君の正気は世界から乖離（かいり）している。君は言うなれば、世界の持つ〝共同幻想〟を受け入れていない」

「共同幻想？」

「一つは遺伝の事だよ」

神野は言った。

「そう、君の言う通り『血統』などは理由にならない。人間はその意志によって、如何ような存在にも変化できる独立した個体なのだよ。血筋、遺伝、家系——これらは人間が、その生き方に迷わずに済むよう自ら作り上げた幻想に過ぎない。それが証拠に、多くの者がそれに反逆し、自らの思うように運命を変えているだろう？　逆に〝個〟をこれらの共同幻想に預けてしまった者が、〝家〟という拠（よ）り所（どころ）を失って破滅する例もある」

「その逆も、ね」

亜紀は言う。神野の言うような例も確かにあるが、その逆も多く存在するのも間違いないだろう。いや、どちらかと言うならばそちらの方が多い筈（はず）だ。『血統』によって成功した者。また『血』から、『家』から、逃れられなかった者。もしかしたら、今の亜紀のように。

「何故だと思うね？」

問う、神野。

「人は多く、『血』からは逃れられない。『家』から、『遺伝』から、逃げる事ができない。それは何故だと思うね？」

「……」

神野は問う。亜紀は答えられない。

「それは『血』が自らの中には無い、〝共同幻想〟だからだよ」

神野は嗤った。

「『血』や『家』は、一人では成り立っていない。〝遺伝幻想〟とは常に周囲からの強制力で成り立っている垢のようなものだ。商人の家に生まれた子には、商才が期待される。学者ならば、知性の遺伝が期待される。運動選手なら、肉体を。職人なら、器用さを。子は意思を持つ前に、周囲によってその意思が歪められている。その方向性は人間にとって必要なものだが、それに適性の無い人間をも強制的に組み入れようとする側面を持っている。

かくあるべしという周囲の意思によって、人間は今の『血』と『家』に縛られている。それが全く根拠の無いものでも、人間はその枠組みに組み入れられてしまう。それは例えば――〝憑き物筋〟」

「…………！」

「考えてもみたまえ。こんなモノは何処から見ても〝共同幻想〟だろう？　しかしその実在、非実在を問わず、その『血』は常に、人間に付いて回っている。家系は忌まれ、制限され、挙句には存在しない『狗神』が事件を起こす。これはとても不思議ではないかね？

だが――――その『狗神』の存在に根拠があるとするなら、それはその共同幻想性そのものに他ならない。なぜなら我々〝人にあらざる者〟の実在こそが、まさしくその共同幻想なのだからね。我々は幻想の住人であり、尚且つ今、此処に居る。どうだね？　君も最早、否定はできまい？」

「わ……私は」

「君の『血統』には周囲の意思によって『魔』が付与されている。周囲の意思が、君の本質を歪めている。君の存在は周囲の意思によって、その一部が規定されているのだ。それは君の意思からも、理想からも乖離している」

「私は――――」

私は、私だ。それだけの事が言えなかった。自分は〝個〟の確信を持っているという、その信念が揺らいだ。

「君の生き方は、鏡のようなものだ」

神野は嗤う。

「君は周囲から向けられる害意を、そのまま反発させて生きて来た。君の〝個〟は他者の害意に反応する形で造形されている。奇しくもそれは、『狗神』の特性に良く似ている。

君の〝個〟も立派な一つの形だが、ただそれは君が思っているような〝個〟の形ではないと理解すべきだね。君の〝個〟は、君が理想としている以上に他者に依存している。君は決して

『血』――すなわち他者の意思から――無縁な存在では無い。それどころか君が周囲を否定するほど、その影響力は強く君を捕らえている」

「！」

「君の不幸は、『血』が幻想だと気付くほどに強い理性を持ってしまった事だ」

「私は……」

「だが人の精神は、その呪縛から逃れられるほど完成されてはいない」

「私は、どうすれば……」

亜紀は力なく、渡り廊下に膝を着く。

「確かめる事だね」

背中合わせの神野は言った。

「そのまま、進みたまえ。そして確かめたまえ。自分とは何者か。自己とは何か。結論はその先にある。先送りすら、確認の後だ。それは、君が決める事だ」

「……」

俯く亜紀。だが、その表情は覚悟とも取れる、悲壮な意思に満ちていた。

神野の、笑みが広がる。

「さあ行こう。君の中に秘められていた問題を終局させよう。君は既に〝奇譚〟の一部。そして君は、決めるのだ。君が〝人の世を歩む者〟なのか、それとも〝魔の王に導かれる者〟なのかを……」

謡うように神野は語り上げる。

「……〝魔王〟、か」

それを聞いて、ふ、と亜紀は笑った。

「私を導くのが恭の字なら、どんなにか良かったろうね……」

呟いた。だが今更望むべくも無い事だ。

寂し気に亜紀は笑う。つう、と、その頬を涙が伝う。

神野は笑う。

「かの〝人界の魔王〟か？　確かに『彼』は〝魔王〟と呼ぶに相応しい魂をしているね。『彼』の心性は『私』とは対極に位置するものだ。言うなれば、『彼』は人間の可能性を刈り取る者なのだから。本来、人は誰もが人間を越えられる可能性を持っている。だが『彼』の意思はそれを〝人〟へと引き戻す――――面白いものだね。とても皮肉だ。本当は『彼』自身が、この世の誰よりも〝魔〟に近い志向を持っているというのに」

神野の言う事は理解できなかったが、亜紀の覚悟はもう決まっていた。

廊下の床を見下ろしたまま、背後の〝影〟に宣言する。

「もう……行きます」

「そうかね」

　神野が応える。

「では、君の〝対決の場〟へと送り届けよう。途中で『彼』等と出会っては、決心も鈍ろうものだろう?」

　一瞬聞き流したが、よく考えれば意味不明の言葉だ。

　亜紀は小さく振り返る。

「送る……?」

「ああ。どうやって、と思ったかね?」

　神野は楽しそうに言う。

「なるほど、そういう現実的な台詞は、いまや『私』には似つかわしくないかも知れないね。だが何の不思議も無いよ。何故なら『異界』は〝偏在〟するのだから。特にこの〝無名の庵〟は、名が無きゆえに、〝どこでもあって〟〝どこでもない〟。此処を出れば、君の望む場所だ。逃げるなり、戦うなり、好きな所へ行きたまえ」

　背後で、神野が外套(マント)を翻す気配がした。

「―――もっとも―――君はすでに〝四夜目〟を選択したようだがね」

　途端に照明が落ちたように、周囲が闇に包まれた。

亜紀は呆然と呟く。

「あんたは……」

「……何者か、か？」

闇の中で、神野の声だけが響く。

「私は水先案内人だよ。〝夜闇の魔王〟にして〝名づけられし暗黒〟。この世に生きる、全ての闇へ向かうモノを導く存在だ」

それだけ言うと、気配が消えた。

「…………！」

暗闇に目が馴れ、そこがどこか理解するまでに、しばしの時間がかかった。

そこは亜紀の部屋だった。

電話台の前に、亜紀は膝を突いている。

電話機のぽつりと赤い光点を、亜紀は呆然と眺めていた。

＊

――そして四夜目が、過ぎた。

2

闇の中、一つの明かりが動いている。

それは土砂降りの深夜に、一人の少年が黙々と作業をしている光だった。

そこは山近い場所にある東屋で、風の無い雨を防ぐには充分な大きさがある。着込んだ白いレインコートから雨水が滴る。雨水はコンクリートの床に、黒い染みを広げて行く。

近くに家屋は無い。従って明かりも、街灯も無い。

暗闇に包まれた東屋で、懐中電灯の明かりを頼りに、少年はレインコートの中から数十枚の紙束を取り出した。

その微かに湿った紙には、乱暴な文字でぎっしりとアルファベットが書き込まれていた。碌に視界も利かない闇の中、手元だけが懐中電灯でぼおっと明るく、その明かりの中に、不気味な紙束が白く浮かび上がる。

覆い被さるように響く雨音が、無意味に少年の不安を煽っていた。

不安と緊張で追い詰められたような荒い息をしながら、少年は手にした紙束を、床の上に置いた。

――早く……早くしないと……

少年は震える手で、ポケットから平たい缶を取り出す。それは夕方にコンビニで用意した、ライターオイルの缶。

百枚近い紙は、束のままでは中々燃えるものでは無い。少年は紙を丸め、破り、燃え易いように山を作った。その上にライターオイルをかける。びしゃびしゃと透明な油が山を濡らす。

雨水の匂いばかりがしていた東屋の空気に、オイルの刺激臭が立ち込める。

――早く、早く始末しなきゃ……

缶が空になるまでの時間すらもどかしい。少年は神経質に身体を揺らす。

跳ねた油が眼鏡にかかり、少年は慌ててレンズを拭いた。だが油は雨水と混ざって白く浮き、いくら拭っても消えない汚れに変わった。苛立たしさと焦りで歯がガチガチと鳴った。その自身の歯の鳴る音すらも、少年のささくれ立った神経を刺激する。

――くそっ、くそっ、

噛み合わされた歯の間で、息が音を立てる。

こんな事なら始めなければ良かったのだ。こんな事を始めたから、僕はこんな目に遭う羽目になってしまった。

あの――――『呪いのＦＡＸ』。

あの日、寮の自分宛に『呪いのＦＡＸ』の原本が郵送されて来た。

手紙には簡潔な文章と、ＦＡＸのやり方の説明が書かれていた。胡散臭いと思いはしたが、ついその気になってしまった。

『うらみあるものにＦＡＸせよ』

丁度良かった。恨みはある。『呪いのＦＡＸ』というのも気が利いていた。亜紀の家の電話番号も知っているし、亜紀の家にＦＡＸがある事も判っていた。毎晩、コンビニからＦＡＸした。そして毎晩、こっそりと様子を見に行った。

ところが今日になって、突然携帯に番号非通知の電話がかかって来た。

男か女かも判らない声は、これだけ言って電話を切った。

『……きょうは7じに、ＦＡＸしろ』

聞いた瞬間、恐ろしくなった。相手は自分が、『呪いのＦＡＸ』を送っている事を知っているのだ。その上で命令しているのだと思った。従わなければ何をされるか判らなかった。もしこの事を暴露でもされれば学校では身の破滅だ。受験にでも響けば元も子も無い。

しかし……とうとう、見られてしまった。

あの女の家に別の奴が居て、顔を見られてしまった。

これは罠（わな）だ、そう思った。もうだめだ、証拠だけでも始末しなくては。一度逃げてから、そう思った。夜になって寮を抜け出した。コンビニでオイルを買った。マッチも買った。

雨と闇が、少年を威圧する。

ふーっ、ふーっ……

荒い息を吐く。震える手で、マッチを取り出す。

一本取り出そうとして、何本か地面にばら撒く。マッチを擦る。手元が震えて上手くいかない。湿っているのか？　もう一度。ぽきりと折れる。くそっ！

数本目で、ようやく火がつく。マッチを、油に塗れた山に落とす。

薄赤い炎と黒い煙を上げて、みるみる紙の山は燃え上がった。『呪いのＦＡＸ』が燃え上がった。

「…………」

安心か興奮か、良く判らないものが胸の中に湧き上がった。
瞬きもせず、少年は炎を見つめた。

――これでいい……

少年の口元に笑みが溢れる。だが、その笑みが、ゆっくりと引っ込んだ。
密度の濃い周囲の闇に、何か気配を感じた気がしたのだ。その気配はじいっと視線を向け、そこに佇んでいた。

振り返る。

恐る恐る、ライトを向ける。
そこには道路と藪があるばかりで、何も異常なものはなかった。ただライトの明かりに照らされて、雨粒が銀色の線を引いていた。
しかし目で見ても、感じる気配は無くならない。

かさ……

藪が鳴ったような気がした。

立ち上がる。懐中電灯を動かした。

道路を、藪を、ゆっくりと光が薙(な)いで行く。

一巡りしても、異常は無かった。何も無い。何も――――無い。

何も――

かくん、とその時、突然右足が足首からくず折れた。

「!?」

たまらず転ぶように座り込んだ。足に力が入らない。右足に、目をやる。

見ればズボンの裾と靴下に、大きな穴が開いている。

……それは、悪夢のような光景だった。

足首が半分、失くなっていた。

右足首が後ろから、ズボンと靴下ごと、鋭い牙で噛み取られていた。

ぎざぎざの傷口から肉と骨が覗き、赤い肉の中に千切れた白い筋が、べろん、とはみ出していた。

そこから真っ赤な血が、見る見るうちに溢れ出す。

コンクリートの上に、黒っぽい池が広がる。

自分の足から、目が離せなくなった。

目玉が飛び出しそうなほど目を見開いて、ただそれを見つめていた。

一拍遅れて、激痛が襲った。


「……ひ、ぎ…………やああーぁ……っ！」


喉から溢れた甲高い悲鳴は、雨の音に押し流された。

藪から、道路から、周囲のあらゆる闇の中に、輝く目が瞬いた。

燃える火とライトに照らされたコンクリートに、ばらばらと獣の足跡が付く。無数の足跡は、東屋の外から中へ、動けなくなった獲物を取り巻くようにして集まり、駆け寄って来る。

激しい獣の息遣いを顔の近くに感じた。

直後、上半身が押し倒され、見えないケモノが喉に喰らい付いた。

「ぎ————！」

再び絶叫しかかった喉が、ごぼりと熱い液体で塞がれた。

悲鳴の代わりに血泡が口から溢れる。ごつ、とコンクリートの床に、倒れた頭が打ち付けられた。

眼鏡が落ち、乾いた音を立てた。

いくつもの凶暴な唸り声が上がり、そこに獣の息遣いが群がり、耳が、頬が、鼻が、瞼が、次々次々食い千切られた。

「――――!!」

痛い！　痛い！　だが声にはならなかった。

「――――!!」

腕が、脚が、毟られ、引かれた。

「――――――――――――――――!!」

腹が食い破られ、牙が、頭が、次々、次々もぐり込んだ。

顔中を食い荒らされて目の前が何も見えなくなり、ただひたすらの激痛の中、激痛の闇の中に意識が沈んで行った。

頭蓋の中で、

びゃんびゃんびゃんびゃんびゃん、

という甲高い犬の鳴き声が、煩く反響する。

「………………………………………!」

「………………………………………!」

「……………………………」

「……」

＊

亜紀が姿を消してから、一夜が明けた。

昨日から続く雨は未明から降ったり止んだりを繰り返し、完全に上がる気配は未だに見えなかった。

朝になり、武巳は学校に登校し、もしかすると亜紀が居たりするのではないかと淡い期待を持ったりしたが、残念ながらそんな事は無かった。皆も同じ期待をしていたらしく、特に稜子の落胆はひどかった。

亜紀の行方は知れない。

だが話題にもなっていない。その代わり、学校は今、とある一つの話題で持ち切りだった。

宗谷という三年の男子生徒が、死体で発見される。

そのニュースは朝っぱらから、ただでさえ暗かった武巳の気分をますます暗鬱にさせた。その生徒は夜中に寮から抜け出し、朝になって一キロほど離れたハイキングコースの東屋で死体となって発見されたという。

野犬に襲われたのではという話だった。死体は喰い荒らされた酷い状態で、発見したジョギングの男性が腰を抜かした程だったという。

着ていたレインコートはズタズタ。

腹部は空っぽになり、顔も辛うじて判別がつく程度しか残っていなかったとか。

財布の中にあった学生証で、何とか身元が判明した。状況から、その生徒は何かを燃やすために東屋まで忍んで行ったらしい。そしてその〝何か〟を燃やした直後に襲われたようで、現場に油の缶と、幾つかの燃え滓になった紙片しか残っていなかったそうだ。

生徒はここ数日の間、毎夜寮を抜け出していたという。

確証は無いが、状況は一つの事を告げている。

そして、何より。

宗谷は、文芸部の先輩だった。

「……間違いないな。その三年が『呪いのＦＡＸ』の〝送信者〟だ」

　空目は断定した。

「あの時に村神と近藤が追いかけたのが、恐らく宗谷だ。あそこで『犬神』に存在がトレースされたのだと思う。そして襲われた」

「やっぱりそう思うか……」

　武巳は溜息を吐く。授業に出て、亜紀を待ち、情報を集めるうちに、とうとう昼休みにまでなってしまった。当然のように皆の表情は暗い。

「いたか？　そんな奴」

　俊也が訊く。

　この学校では——部活動にもよるのだが——先輩後輩という繋がりが薄い傾向があった。文芸部でさえ、同じ部紙に寄稿している学年ごとの別サークルといった感さえある。それにしたところで定期的なミーティングは行うのだから、俊也の他人への興味の無さは大概だ。しかも空目はそれに輪をかけているという有様な訳で、これほど犯人探しに向いていない面子は無い。

　稜子は言った。

「知ってるよ。前に亜紀ちゃんがラブレター貰ったって言ってた先輩だよ」

「だよな……」

武巳も知っていたらしく頷いた。

「無視したって言ってたけど、それからミーティングでよく私達に絡んで来るようになった人だよ。魔王様も村神君も知ってる筈だよ。魔王様なんかよく言い合いになってるよね。憶えて無いの？」

「無い。記憶する意味が無い」

空目が即答して、その言い様に稜子は少し鼻白んだ。

「えぇ……こないだも、魔王様が持ってきた資料の『呪いのＦＡＸ』が、古くて意味ない資料だって絡んで来てたじゃない。今時ＦＡＸなんて無いだろうって。それに亜紀ちゃんが『うちにはＦＡＸがある』って反論して……あっ……」

「……なるほど。木戸野の家の電話番号が知れて、ＦＡＸがある事を知っていて、木戸野を呪う動機もある。完璧だな」

言いながら気付いた稜子。空目はそれを引き取って纏める。

「まあすでに死んだ以上、もうどうでもいい」

だが、すでに半ば結論が出ていた、しかも終わった事に対しては興味が無いようで、空目は冷徹にその事実を脇に置く。

「それよりも木戸野だな。術者が死んだとしても〈命令〉まで済んだ『悪魔』による呪詛が反古になったとは考えにくい。それよりも次の〈退去〉の儀式を行う人間が居なくなった事実の方が問題だ。『悪魔』を元の世界に返す者が居ない。

他にも〝黒服〟の問題が残っている。木戸野を先に〝黒服〟に発見される訳にはいかない。これは予想だが、恐らく奴等は見つけ次第木戸野を始末しようとする可能性が高い。こちらも一刻の猶予も無い」

そして空目は言う。

「……やつらの言う事を信じるならば、だが」

昨日、武巳達を待ち受けていた芳賀に、空目は訊ねたのだ。

『見張っていたんだろう。木戸野は何処にいる？』

『残念ながら見失いました。目下捜索中です』

それが芳賀の答え。それを言葉通り信じて良いのか。

あるいはもう……と空目の表情は険しい。〝機関〟の影響力は強大で、人間ひとりの失踪くらいなら簡単に揉み消せる事を、もう武巳達は知っていた。

「結局、柳川も野犬の仕業になってるしな……」

あのとき教室から消えてしまった柳川は今も行方不明だ。あのとき生徒の中に黒い犬のような姿を見た者が居る事、そして今度の宗谷の事件、これらによって犯人は野犬であるとほぼ断定される形で情報が流布されていた。

「……野犬が大人ひとり攫えるかよ。虎じゃねえんだぞ」

俊也は言ったが、明日にも警察の手で山狩りが行われる事になっている。野犬の一斉駆除も検討されていて、すっかり一般には野犬が犯人というイメージが定着してしまっている。

これが情報操作の結果だとすれば、あまりにも的確な効果を上げている。

それを考えると、女子高校生ひとりを闇に葬るくらいならば、間違いなく、易々とやってのけるだろう。

「いずれにせよ、こちらの立場では、やつらが嘘を吐いていない事を前提に行動するしかない」

そう空目。

「何とか〝黒服〟より先に木戸野を見つける必要がある。木戸野が無事だという保証は無いが、ここで諦めれば、無事だった場合に見殺しにする事になる」

そのあまりに端的な言い方に、稜子がびくりと肩を振るわせた。

武巳は言う。

「でも、どうやって？」

そう言う武巳は、既に結構絶望的な気分だ。相手は組織で、なおかつ武巳たちは常に彼等に見張られていると言うのだから。この状態でどうやったら〝機関〟を出し抜けるかなど、見当も付かない。

だが、空目は考えがあるようだ。

「気が進まないが、あれしか無いだろうな」

「そうだな」

俊也も同じ事を考えたようで、空目と視線を交わして頷いた。武巳は二人を交互に見やる。

「え？　何？」

「〝魔女〟だよ」

俊也は言った。

「あ……」

「いくら秘密機関でも、いや、やつらの口振りでは、それだからこそ真性の霊能者は抱えていないだろうと思う。何しろ人類を守るために〝霊感〟能力者を狩り出す組織だからな。にも拘らず十叶先輩は無事でいる。あれほど目立ち、能力も疑いが無いのに〝処理〟を受けていない人間だ、協力を仰ぐに値する」

空目もそう言って、溜息を吐いた。

「……もっとも、無駄かも知れんし、色々な意味で気が進まないんだがな」

＊

「そんなに木戸野さんが心配?」

昼休みの渡り廊下で、〝魔女〟は微笑んだ。

武巳達が現れ、事情を説明した。それに答えての事だ。

「当たり前です!」

稜子が真剣な顔で言う。

「何か判るんだったら、教えてください。お願いします!」

そのうち土下座でもしそうな勢いだ。学校一有名な〝変人〟とそんな風に話している武巳達を、通りすがる生徒が好奇の目で眺めて行く。

「木戸野さんには忠告はしたし、あの子はとても賢い子だよ。自分で答えを出すと思うけどな?」

詠子はそう言った。そんな悠長な、と武巳は思ったが、〝魔女〟相手にそれを説明する語彙も度胸も持ち合わせが無かった。

「その意見に異存は無いですが」

慇懃無礼に空目は言う。

「急ぐ必要が、あるんです」

流石に空目も〝機関〟についてまで説明はしなかった。だからどうしても、説明自体が曖昧になっている。

詠子に説明した『事情』には、明らかに隠そうとしている空白が見え見えになっていた。だがそれに気付いているのか、いないのか、それでも詠子は、気にした風でも無い。

「これは彼女自身の問題だよ？」

「分かってますよ」

「微妙な問題だよ？　他人には解らない、彼女だけの問題」

「ええ」

「しかも結論を先送りにするんじゃなくて、ここで『答え』を出さなきゃいけない事だよ。他人が関わると、妥協になっちゃうと思うけどな」

全てを知っていると言わんばかりの詠子の言葉。

空目が目を細める。

「……あんたは何を知っている？」

「〝知ってる〟じゃないよ。〝解る〟だけ」

詠子は微笑む。

「私は彼女が何者なのかが〝見える〟し、彼女がどんな〝問題〟に行き当たってるのかも良く知ってるよ。私も通った道だもの」

言って詠子は空を見上げた。

　空は暗く、厚い灰色の雲が渦巻いている。

「自分の中にある〝逸脱〟に気づいた人間は、いつかは世界に対してのスタンスを決めなきゃいけない」

　詠子は謡うように言った。

「その〝逸脱〟が大きければ大きいほど、振り回されてしまうから」

　空目は静かに、それを見やる。

「あなたはもう、決めてるよね。私も、決めた。でも彼女は今から決めなければいけない。それは彼女が決める事。ね、違う？　待つべきだと、思うけど？」

「そんな暇は無い」

　詠子の言葉を、空目は一蹴した。

「自分で決めさせる時間があれば、初めからそうしている」

　それを聞いて、詠子は微笑む。

「じゃあ、あなたが決めてあげられるの？」

「必要ならば、それでもいい」

「……あなたは自分の事が少しも解っていないのに、まるで解っているように正しい事をするねえ」

　詠子は笑った。

「〝影〟は突然表へと浮かび上がって、人を『何か』へと導く。明るい世界にぽっかりと開いた深淵。それがあなたの〝本質〟だよ」

その笑みは、何故だかひどく優しかった。

そして言う。

「いいよ。協力してあげる」

「！」

稜子と武巳が身を乗り出しかけた。だが、

「……って言いたいところだけど、必要無いんじゃないかな？」

そう言って詠子は肩を竦めた。二人の落胆。空目が訊ねた。

「何故だ？」

「誰かを探すための手段なら、あなた達はもう持ってる筈だよ」

「何？」

怪訝な顔をする空目に、詠子はすっと指を差す。

皆が、その指の先に注目する。

「…………………おれ？」

指差された武巳が、間抜けな声を上げた。

携帯に下げた中身の無い鈴の音が、ちりん、と一つ、頭の中で鳴った。

3

午後五時三十分。放課後の学校に、一台のタクシーが入った。

空目の呼んだタクシーだった。武巳達五人は、それに乗って出発する。

「港まで」

空目はそう言い、いくつか運転手に指示を出す。

助手席は、武巳。

出発。

数分後に女子寮前に到着し、稜子がタクシーから降りた。

本人はかなりゴネたのだが、結局この亜紀の救出には稜子は連れて行かない事になった。危険であるし、他にも理由があった。稜子は渋々、従った形だ。

「魔王様、亜紀ちゃんをお願いね。絶対……助けてね」

降りる間際に稜子は言ったが、

「保証はできんな」

と空目はにべもなかった。空目は人に気休めなど言わない。それでも空目が期待を裏切った事は、まだ、無い。

それが判っているので、稜子はそれ以上は何も言わなかった。

それを代わりに武巳が言う。

「大丈夫。おれも頑張るから」

稜子の表情は暗かったが、力は無いものの、笑みを返して来た。

逆に気を遣わせてしまったかな、と武巳は反省する。

手を振った。出発するタクシー。見送る稜子の姿が遠くなり、見えなくなる。雨粒がウィンドウを流れ、見慣れた羽間の町並みが次々と通り過ぎる。また雨が強くなった感じだ。タクシーの車内の特有の匂いを呼吸しながら、武巳は黙って外の景色を見ている。

「……付属の生徒さんが、港なんかに何しに行くんで？」

運転手が急に訊いた。

「え？　あ、あの……」

口ごもる武巳。まさか本当の事を言う訳にもいかない。だが運転手が尋ねたくなるのも当然で、羽間港といえば本当に何も無い場所なのだ。特にこんな雨の日は海も荒れて、釣り人すらも姿を消す。

そんな場所だから咄嗟に言い訳が思いつかず、一瞬頭の中が真っ白になった。

「……しゃ、写真を撮りに行くんです……海の」

ようやく武巳は言った。

「へえ。じゃ、写真部さん？」

「え、ええ。そうです」

「さっき降りた人とかは違うんだ」

「あ、はい……」

「雨の中、大変だ。いい写真撮れるといいねえ」

「…………はい」

他愛ない世間話だったが、武巳は冷や汗が噴き出すような思いで曖昧な笑みを浮かべる。もともと武巳は嘘が苦手なのだ。こんな些細な事でも胃に穴が開きそうな気分になって来る。

これからが大変なのに、武巳の精神はもうボロボロだ。

やがてタクシーは港に着いた。タクシー代は空目から預かっていた。

お金を払って、車から降りる。空になったタクシーは、街へと帰って行く。

「…………」

武巳は一人、港に立つ。

港とは言うが、その小さな施設は殆どが駐車場だ。

このままで立っていると靴がびしょ濡れになるので、武巳は自動販売機コーナーを見つけてそこに避難した。缶コーヒーを買って、屋根があるだけのその場所から港の景色を眺めた。

コンクリートの埠頭は、ひたすら降る雨に濡れている。

海は、荒れている。

すぐに景色に飽きて、心細くなる。

「……文庫本、持って来れば良かったな」

何といっても、いつまでこうしていれば良いのか判らないのだ。

武巳は途方に暮れる。そして途方に暮れた途端、目の前に黒塗りの車が滑り込んで来て、横付けされた。

「!!」

来た。運転席の窓が開き、中から初老の男が顔を出す。

「近藤君でしたね。一つお聞きしますが——他の三方は、どうしました？」

芳賀は例の貼り付けたような笑みを浮かべ、そう言った。

「先程のタクシーは空車だったようです。空目君達は、どうしました？」

「………」

武巳は無言で、引き攣った笑いを浮かべた。

——〝黒服〟を足止めしろ。

それが武巳の受けた役目だった。だんまりを決め込むつもりではいたが、生来の気の弱さはどうしようもなかった。

にっこりと芳賀が、笑みを浮かべた。

じっとりと、武巳の背中に冷や汗が浮かぶ。

「……まあ、そんな所に居るのも何ですから、お乗りなさい」

後部のドアが開けられた。

武巳は引き攣り笑いを浮かべたまま、そこに立ち尽くした。

*

聖創学院大、そして付属高校のある羽間市の山林部には、長さ約二十キロほどのハイキングコースがある。コースは住宅地の外れから大学の敷地をかすめ、山を上ってその中腹、展望公園に至って、とりあえずの終点となる。

そこからは登山道。名前は変わるが実質の違いは無い。ただハイキングコースのような整備はされていないので、滅多に踏み込む者は居ない。

雨天時は危険なので入らないよう、看板が警告している。山土が剝き出しの登山道は、雨でひどく崩れやすくなるからだ。もっとも雨の中を公園まで来る物好き自体が稀で、野犬騒ぎのあった今、もはやここまで来る人間は皆無と言える。青年団による見回りさえも、日の落ちかかった今は深入りを避けていた。

ましてやそのさらに上、かつ登山道からも外れた山の中など、もはや誰の目も届かぬ秘境といった様相だ。

——そんな中に、亜紀は居た。

そこは登山道から脇に入り、道なき道を進んで十数分。下草が生い茂り、微妙に林の拓けた場所だった。

いつの物か知らないが、古木が一本風雨のために根こそぎ倒れ、そこに爪痕のような空き地を作っていた。そして隙間から差し込んだ太陽光が下草を繁茂させ、樹木の進入を阻んでいるのだった。そうやって空き地は、維持されていた。

朽木は苔生し、下草は膝まである。

その外れの樹の下に、亜紀は一人、蹲っていた。

目の前に古木が横たわり、じっ、と亜紀はそれを見つめていた。

まるで古木と共に、そこで朽ちてゆくのを選んだかのようだった。

朽ちゆく古木に呼ばれ、魅入られてしまったかのように。
人形、あるいは死体のように、亜紀は蹲っている。
目に染み込むような、暗闇と深緑に埋もれている。
周囲に、音が聞こえていた。

かさ、かさ……

雨音ではない、何かが居る音が、亜紀の耳に聞こえ続けていた。
そしてその音が、亜紀の自閉を促し続けていた。それは亜紀にとっての〝証拠〟であり、〝烙印(らくいん)〟であり、亜紀が全てを断ち切る〝理由〟として、必要にして十分なものだった。

――――『犬神』。

それこそが、〝理由〟にして〝烙印〟。
亜紀の頭の中に、母の記憶が鮮明に蘇(よみがえ)った。
『恨んではいけない、妬んではいけない』

亜紀に向かってそう言う、母の記憶。それは親が子に教える、単なる道徳と思っていた教えだった。

それにしては口癖のように念押しされた、この教え。

理解した。これは単なる道徳などではない。これは『犬神』を抑える、そのための教えだった。故郷に忌まれ、故郷を嫌い、故郷から逃げ出した一族の、亜紀の母。それは母が、そんな〝犬神統〟の血を引く娘には決して同じ思いをさせないようにと、固く戒めた教えだったのだ。

――――私は親不孝だな。

亜紀は思った。

結局、母の教えは守れなかったのだ。

避けきれない雨が、亜紀の全身をじっとりと濡らしていた。重く濡れた髪が、衣服が、ぴったりと肌に張り付いていた。

だが、その感覚は少し気分が良かった。

そのまま自分も樹木に張り付き、地面に染み込んで、今にも土に還れそうな気分になるからだった。その肉体も、生命も、そして精神も。静かに、身じろぎもせず、亜紀はそこに蹲っていた。

ぴちぴちぴちぴち……

濡れた音がする。

濡れた、柔らかい、小さな何かが、無数に蠢く音が下草から聞こえる。

呟く。雨の匂いに混じって、胃液が逆流するような酷い腐臭が漂い始めた。左手が痒い。明らかにまともに血の通っていない指に、ちりちりと痛いような痒みが表面に浮いて来る。

「…………来たか……」

傷から広がった壊疽は人差し指全体を腐らせ、上は手首まで、横は中指と親指の根元までをどす黒い色に変えていた。傷は透明な腐汁を滴らせ、指の痒みは掻き毟りたくなるほどだったが、掻けば肉が崩れる事は判っていた。

じわりと黒ずんだ血が染み出し、腐汁と混じり合いながら、ぽたぽたと地面へと零れた。腐った血が地面に落ちると、その地面には何処からともなく蛆の群れが涌き出して、ぴちぴちと重なり合うようにして、貪欲に腐汁を舐め合った。

粘液に濡れて光り、白く丸々太った蛆が、辺り一帯で、胸が悪くなるような生々しい音を立てる。

この数日で随分血を失った気がするが、まだまだ血は流れ出していた。

そして流れた血が、更なる蛆虫を湧かせる。悪夢的な光景が、周囲に広がり、積もり、重なって行く。

「…………」

体は冷え切り、意識も朦朧（もうろう）としかかっていたが、強靭な精神力は、未だに現実から逃亡する事を拒んでいた。

そんな中、徐々に徐々に、腐臭の密度が上がり始めた。

蛆虫に覆われた森の中の空き地に、腐敗した空気が立ち昇り始める。

やって来るのだ。『悪魔』が。超常の腐敗が。喚起された形の無い『悪魔』が。ただ腐敗を齎すため、此処に顕現し始めていた。

そして。

その〝敵〟を喰い殺すため。

見えない『犬神』が、周囲に、徐々に、数を増していった。

かさ、がさがさ……

ぴちぴちぴちぴちぴち………

発狂しそうな匂いと音が、悪夢のごとく周囲の空間に満ち満ちる。

このまま狂うかも知れない。衰弱して、死ぬかも知れない。蛆に集られ、腐り果てるかも知れない。だがそれでも――――それでも、亜紀は良いと思っていた。このままここで、朽ちて行くつもりだった。

「…………」

その亜紀が、ゆらりと立ち上がった。

目は相変わらず力無いが、微かに険しい。

黙って前方を、見つめている。そこは亜紀がここまでやって来るのに使った、登山道へと続く方面だった。

暗く、深い林。

荒れた真っさらの林の中に、亜紀がここへと踏み込んだ跡が残っている。

かき分けられた藪。亜紀はそこを睨んでいる。程なくしてがさりと藪が鳴った。藪が割れ、闇と緑の中に鮮やかな赤が浮かんだ。

「……………間に合ったか」

それでどうやって斜面を登って来たのか、まず乱暴に杖を突いた俊也が藪から出て来た。その後にあやめが、そして空目が、姿を現した。

驚きはしなかった。そんな気がしていたのも、確かだった。俊也は藍のレインコート、空目は傘を差している。その傘は目にも鮮やかに赤く、脇に立つあやめの服と同様、緑の中ではひどく綺麗に浮かび上がっている。

「この馬鹿共……」

亜紀は呻くように、言った。

「どうやって……いや、何で、ここに来たわけ？」

本心だった。ここで朽ちれば、少なくとも亜紀の友人を傷つける事は無い。亜紀の最も恐れた事を、こうすれば引き起こさずに済むのだ。

「『山中他界』と言ってな」

空目は答えず、別の事を話し始めた。

「昔の人間は山の中を、一種の『異界』と考えていたようだ。人間の力の届かぬ別世界、さもなくば死の世界と捉えていたらしい。〝天狗〟は山の神秘の顕現であるし、〝隠れ里〟も〝マヨヒガ〟も共に山の中。〝神隠し〟に攫われた者は山中へと消え、山は多く〝神〟の居場所とされている」

講義をする学者のような空目の言葉が、忌まわしい林の中に響く。

「腐臭、獣臭、蟲(むし)に獣――確かに此処は、『異界』と呼ぶに相応しい場所のようだな」

力なく空目を睨む、亜紀。

「昔ならば、今の木戸野は〝神隠し〟に遭ったとされていたかも知れん」

無意味と思える事を、ただ空目は言う。

だが……その理屈っぽい、というよりも感情の欠落した物言いを聞くうち、亜紀は妙に心が落ち着いてゆくのを自覚していた。結局、亜紀はそういうものなのだ。今更ながらに気付かされた。

そして気付いた途端、悲しくなった。

自分はもう、如何(いか)なる者とも触れ合えない。

「私の質問に答えてないよ、恭の字」

亜紀は目を細めて、言った。

笑いが浮かんだ。そのとき亜紀の浮かべた微笑は、あやめが時々浮かべている例の微笑に、ひどく良く似ていた。

4

「……どうやって、ここを見つけたわけ？」

「俺を〝神隠し〟から見つけ出した、近藤の持っていたあの〝鈴〟だ」

幽霊のように立つ亜紀と、死神のように立つ空目との会話。

俊也はその二人の会話を聞きながら、今までの行程を思い返して、密かに舌を巻いていた。


——本当に誰も気付かないとは……


俊也はここに来るまでずっと周囲を警戒し続けていたが、結局〝黒服〟の尾行どころか監視の目ひとつ、俊也達に向けられる事は無かったのだ。見張られている事は百も承知の出発だった。だが空目はタクシーに乗り、女子寮前で稜子と一緒に車を降り、そのまま此処まで歩いて来ただけ。隠れた訳でもなく、堂々と道を歩いて来た。ところがそれに、誰も気付かない。

三人が車を降りたこと自体、〝黒服〟は気付かなかったようだ。すれ違う通行人からも透明人間のごとく無視された。

印象的だったのは、途中の民家の窓に座っていた飼い猫が、じっ、とこちらを目で追っていた事だ。それ以外は誰も、俊也達三人に目を留めた者は居なかった。

異様な経験だった。

まるで幽霊にでもなった気分だった。

その〝理由〟である少女は、空目の差す傘の下で所在無げにしていた。空目と亜紀を交互に見比べ、時々不安そうに薮へと視線を向けていた。

――〝神隠し〟の能力。

とうとう空目は、〝最後の手段〟の使用を決断した。

そして空目が命じ、あやめが一篇の詩篇を口にした瞬間、三人の姿は事実上この世から消え失せたのだ。姿だけが一瞬にして『異界』に取り込まれ、現界からは知覚できなくなった。

とんでもねえな、と俊也は思う。判っていたつもりだったが、このあやめという存在の人外の力を、改めて認識した。この少女はやはり危険なものだ。だが今はそれを詮索するつもりは無い。

そんな場合では無かった。

俊也は無言で雨具のフードを跳ね上げ、視界を利き易くする。

雨が顔と髪の毛を濡らしたが、構わなかった。いつ何が起こるか――例えばいつ〝見えない獣〟が飛び掛かって来るかなど——今この場においては、判ったものでは無いのだ。

腐臭、そして、獣臭。

もはや俊也にも判るそれは、『呪い』も『犬神』も、共にまだ生きている事を示している。〝蛆〟は腐臭と共にそこら中で蠢き、亜紀を——もしかすると俊也達をも——生きたまま腐らせ、貪る隙を窺っている。そして〝獣〟は亜紀の害意に反応する。空目が説得の中で亜紀を僅かでも怒らせでもしたら、即座にアウトという事さえ有り得る。

空目を守る騎士のように、俊也は脇に控えていたが、片足の騎士というのは笑えない状況だった。張り詰める俊也を余所に、亜紀はかえって寒気がするほどの優しい笑みを、その端正な顔に浮かべていた。

「稜子にもさ、言った覚えがあるんだけど……」

そんな笑みを浮かべたまま、亜紀は言う。

「あんたらもさ、早く帰んな？　ここには『呪い』が満ちてるよ。あの『FAX』だけじゃない、『私』の呪いもね。言っとくけど今の私、何するか判んないよ」

その穏やかな言い様が、亜紀の意思では最早どうにもならないという危険なニュアンスを、濃厚に含んでいた。

「『お前が』じゃなく、『お前の付属物が』だろう」

「それほど違いは無いね」

空目が言い、亜紀は肩を竦めた。

「あんたらがどこまで解ってるのか知らないけど、〝あれ〟は私の意思でどうにかなるようなシロモノじゃないよ。ただ私の〝害意〟に反応するだけの、つまり、私そのものなんだよ。あれは間違いなく私の意思だし、それでも違う。私は本当は望んで無いんだけど、本当は望んでるんだ」

何言ってるんだろうね私は、と自嘲気味に亜紀。それは普段の亜紀ならまず言わないだろう支離滅裂な台詞だ。矛盾しているが理解はできる。それが痛ましさを強調する。

「でもまあ……とにかくそれが事実だよ。〝あれ〟は、私では抑えられない。意識すれば抑えられるけど、常には無理。ふっと湧き上がる〝殺意〟は、私では止められない。言っとくけど私、恭の字も村神も、稜子も近藤も、『殺してやろうか』と思った事は一度や二度じゃないよ。自分の攻撃性くらい理解してる。このままじゃ間違いなく、私は皆を殺してしまう。

今は柳川で済んでるけど、この先は駄目。私は人でなしの殺人者で、こんなこと言えた義理じゃ無いけど、できれば聞いてくれないかな。お願いだから、私に後悔させないで」

淡々と亜紀は、そんな風に俊也達へ言う。

「後悔させるな、か……」

俊也は呟く。本当は『呪いのＦＡＸ』の送信者が判った事について話そうと思っていたのだが、ここで宗谷の死を亜紀に知らせるのは明らかに憚られた。

代わりに俊也が言ったのは、こんな台詞だ。

「それはこっちの台詞だ。木戸野」

言いながら、俊也は心底頭が痛くなった。空目といい亜紀といい、どうしてこんな奴ばかり友達なのか。どうして自分の死に無頓着な奴ばかり俊也の周りには増えるのか。本来その役目は、自分が負うべきなのだ。

命に代えても友達を守りたいのは、こちらの方なのだ。

「勝手な事ばかり言いやがって」

俊也は奥歯をがりっと鳴らす。

「そうかもね」

亜紀は力なく、微笑う。

「でも本当に、私をどうにかしようなんて思わない方がいいよ。そういうものに反応して『犬神』どもは動き出すから。柳川もそうだった。FAXの『悪魔』もそうなんだろうね。私の中でずっと眠ってて、奴等は飢えてる。あんたらが何かすれば、それこそ投げ与えた餌みたく喰い付かれるよ」

そんな事はさせないで欲しいな、と亜紀。その表情が、微かに苦しげに歪む。

ちらりと掠める感情さえ、今の亜紀には命取りのようだ。ざわざわと藪が鳴る。それだけの事でも『犬神』は反応するのだろう。

それを抑えるため、亜紀は必死で感情を殺している。

亜紀は訴える。

「だから……早く、ここから………」

「消えろ、か？」

空目がおもむろに、口を開く。

「一つ訊くが―――」

空目は冷静な口調で、亜紀に言った。

「―――その程度の事が、自身を殺すほどの理由になるのか？」

その様子は説得というより、本当に疑問に思っているようだった。

一瞬呆けた顔をする亜紀。

「……え？」

「自分が友人を殺すかも知れない事が、本当に自分を殺すほどの理由なのか、と聞いている。そんなものは誰だって同じではないのか？」

空目は言った。

亜紀が呆然とした口調で、訊ねる。

「……あんたは平気なの？ 自分が殺されるかも知れない事が。それとも私がいつでもそれをできる事が、解ってないだけ？」

「いや」

空目が首を振る。

「つまり殺意がそのまま実行されるかも知れないと、そういう事だろう？」

空目は言って、微かに首を傾げる。

「それが普通の人間とどう違うのかが、俺には理解できない。毎日、この世でどれくらいの人間がその『友人』とやらに殺されていると思っているんだ？ 人は常に、隣人に殺害される可能性と共に生きている筈だ。そして常に、人は隣人を殺す可能性を持っている。動機と機会と手段があれば、誰だって容易く友人くらい殺すぞ。木戸野はその機会と手段を、たまたま同時に手に入れたに過ぎない。つまり――――問題は、無い。充分に可能性の範疇だ。その辺りの人間と全く変わらない。ただの隣人を、なぜ恐れる必要がある？」

完全に本気の目だった。

亜紀が思わず、絶句した。

――――人は常に人を殺し、また人に殺される可能性と共に生活している。

それは極論の極みだったが真実ではあり、また空目がそれを本気で信じている事を俊也は知っていた。小学校で同級生に殺されかかり、空目はそれを事実として体感しているのだ。空目の纏う死の気配はそこに一端が起因してもいる。空目は例えば、目の前で談笑している人間から殺されるかも知れない事を、常に忘れてはいない。亜紀から、武巳から、稜子から、そして十年近い付き合いの、俊也からさえ。空目は死の中で生きているのだ。空目の見ている世界とは、そういうものだった。

それを承知で、生活している。

死は空目にとって、常に一歩先に見える可能性の一つに過ぎない。

「恭の字……あんたは何で、生きてられるの？」

亜紀が理解し難いものを見る目で、言った。

「判らん。何故だろうな――――判らんから、死んでいないだけなんだろうな」

空目は答える。

「生きている事は何故なのか、何の意味があるか、それを考えるために生きているようなものか。思考するため、俺は生きている。そのため死んでいないに過ぎないのだろうな。なぜなら……」

「なぜなら？」

「思考はしたい。だが死んだ後も、何かを考えられるという保証が無い」

「……恭の字らしい言い草だ」

亜紀は眩しそうに、そう言う空目を見て笑った。

「恭の字のそういう所に、正直私は憧れたね。でも私には無理だ。自分の持ってる凶器の無差別さに耐えられない。私には、そこまで超越できない。私が私の意思で殺すのは仕方ないよ。でも私は、そうしたら負けだと思ってるんだ。他人を殺さなきゃいけないくらい他人に心が乱されるのは、私の負けだ。その上、それを無差別にするなんて恥の上塗りには、私は耐えられない」

それは絶望的とも言える、悲しそうな笑みだった。

「そんな凶器は捨てればいい」

「できたら苦労は無いね」

空目の言葉に、亜紀は溜息を吐いた。

「だって〝あれ〟は間違いなく私自身だ。私には解るよ。認めたくないけどね。自分自身は、どうやったって捨てられないよ。この心と血の中に、凶器が埋め込まれてるんだ。捨てようが無い」

「本気でそう思うか？」

「……？　どういう……」

空目の問いに、亜紀が戸惑う。不意に、流れが変わった感覚がした。

「そのままの意味だ。人間の持ち物で捨てられないものなど無い」

「………」

「それがたとえ自分自身でも、例外など無い」

二人が黙り、雨が傘を打つ音が闇と緑の空間に響いた。亜紀の表情は固い。だが空目の言葉が、理解できていない訳では無い。

躊躇しているのだ。

明らかに、亜紀はこの事態に希望を持つ事を躊躇っているのだった。

「……今、私はそうしようとしてるよ？　この命を捨てれば、凶器も無くなる」

往生際悪く言う亜紀に、空目は言った。

「最初の質問に、答えてなかったな」

「最初の？」

「俺達が、ここに何をしに来たかという話だ」

亜紀の表情に、ぎくりとしたものがよぎった。弱々しく、呟く。

「………やめて」

「俺は、お前に〝戻る〟気があるのかと、そう訊きに来た」

「無駄だよ……たとえ『犬神』が居なくなっても『悪魔』は無くならない。『犬神』の守りが無くなれば、私は『悪魔』の呪いに喰い尽くされる。どちらにせよ私の命運は決まってるよ。あんた達まで危険を冒す価値は、はっきり言って無いよ……」

亜紀はかぶりを振る。

「そう言うだろうと思ってな、有無を言わさぬ方法を考えて来た」

言うと、空目は肩掛けしたザックの中から何かを掴み出した。白地に赤黒い斑のある、大小無数の紙片がその手には握られていた。

「忘れ物だ。これを、ここに届けに来た」

その表面に浮かぶ、びっしり書き込まれた文字と記号の羅列と断片。

「『呪いのFAX』……！」

「そうだ、当事者も道具も揃った。ここはもう『呪い』の本拠地という訳だ。『悪魔』召喚の現場では、儀式参加者や見物人がしばしば発狂するといった事例が報告されている。こうなった以上、もはや俺達は一蓮托生だ」

それを聞いた、亜紀が呻く。

「恭の字、あんた……」

「判っているとも。自分のやってる事が判らないほど、正気を失っちゃいない」

言いながら空目は、掴んだ紙片をばら撒いた。雨を浴びた紙吹雪は少しだけ宙を舞い、草地に落ちて緑を汚した。雨に濡れた紙片から新たな腐臭が立ち昇る。腐臭で麻痺した嗅覚を、さらに上から腐臭が塗り潰す。

「う……」

「さあ、中断された〝四夜目〟の続きといこう。勇壮にして忌まわしき魔界の公爵、悪魔〝サブノック〟がここに顕現する」

本物の魔術師のように、淡々と空目は謡い上げた。

「もう後戻りはできない。すでに〈退去〉の儀式は失われている。目的を果たすか滅ぼすまで、あの『悪魔』は現界に留まり続けるだろう」

「……！」

「木戸野、たった今、何もかも手遅れになった」

空目の言葉に、悔しそうな、絶望的な表情を亜紀は浮かべた。

「悪いが最悪の場合は、一緒に死んでもらうぞ」

「恭の字……！」

唇を噛む。しかしそうやって空目を睨むその目には、ほんの少しだけ——安堵のような色が、混じっていた。

5

「……至高の名において我は汝に命ずる。造物主、その下にあらゆる命がひざまずく大いなる者の名にかけて、現れよ。そして我が命に応じよ。いと高き御方の姿に生まれし、神の意志なす、我が命に従い、現れよ。アドニ・エル・エルオーヒム・エーヘイエ・イーヘイエ・アーシア・エーヘイエ・ツアバオト・エルオン・テトラグラマトン・シャダイ………」

空目の呟きが、湿った空気を振るわせる。

その呟きの中、そこが正常な林ではなくなって行くのを、俊也は感じていた。

腐臭は今や煮詰めたように濃縮され、呼吸するだけで胃液が逆流しそうになるほど空気から飽和し始めている。その異常極まる腐った空気は山林の空間から直接染み出し、匂いも空気も空間も、正常なものを悉く冒して塗り潰して行った。

それは空目がＦＡＸの残骸を撒き散らした途端、それを触媒にしたかのように加速を始め、世界を滲ませ境界を溶かし、徐々に現実の世界を侵蝕して行った。空目の呟く呪文は形だけのものだったが、そんな事とは無関係に、変質は加速して行った。

いつだか神野に聞かされた、あの忌まわしい台詞が俊也の頭をよぎった。

――――この世界は徐々に、『異界』に喰われている。

確かに『異界』はあらゆる場所と接していた。少しの呼び水を配しただけで、そこには瞬く間に『異界』の欠片が染み出して来る。

ここに現出するのは『悪魔』だ。

そしてそれに応じるように『犬神』も、急激に密度を増し始めていた。

腐敗した空気を押し除けるように、獣の匂いと気配が、辺りを取り囲んだ。樹々の間、藪の中、朽木の洞、下草の陰、ありとあらゆる闇の中に、無数の獣の目が煌々と輝き出す。

凶暴な獣の唸りが、腐臭を低く振動させた。

周囲の全てに敵意が満ちた。敵意と憎悪、狂気と腐敗が、息苦しいほどの密度で林の中を満たした。一触即発の緊張が、弓のように張り詰め、酷い腐臭と緊張で、今にも胃袋が引っくり返りそうだ。

降り注ぐ雨に、撒き散らされた『呪い』の残骸が濡れていた。

濡れた紙片は本来あり得ぬ速さで溶け崩れ、汚らしい白い汚泥となって下草にへばりついていた。汚泥はひくひくと蠢き、ぼたぼたと地面に溶け落ちて、やがて一塊の蛆となって地面をおぞましく這い回った。下草には一面に——すでに足元にまで——びっしりと、蛆がひしめいていた。

下草を覆って白い蟲が蠢き、藪にはみっしりと獣の目。

そこには〝蛆〟と〝見えない獣〟の原野が、現出していた。

「………悪夢だな」

俊也はようやく、それだけを絞り出した。冷たい雨に脂汗が混じり、生暖かい塊となって、額を流れ落ちる。並みの人間なら耐えられないほどの、不快でおぞましい空間。やがて空目の呟く呪文が止み、この空間においては異様な程に平静な声が、俊也を呼んだ。

「村神」

「何だ？」

「これから何が起こっても、俺とあやめを守ってくれ」

俊也は僅かに息を呑む。空目のそういう頼み事は本当に珍しかったからだ。

空目は自分の安全など、普段ならまず考慮に入れない。その上で言うのだから、今から始める事の危険度が窺えた。

ここで四人、心中という事もあり得るのだろう。

それでも、きっぱりと俊也は答える。

「言われなくても」

「……済まん」

それ以上聞く事は無かった。俊也は治りかけの足を地面に下ろして、本格的に杖を構えた。先端を足元の藪へ向け、『蛆』と『犬神』を牽制する。

地面が下草に覆われているのは都合が良かった。大雨も、下草も、辺り一面の空間を覆って見えない存在を浮き上がらせる。杖の間合いも、三ヶ月に亘る使用で充分把握していた。突き詰めれば棒切れなので、武器として扱うのも容易だ。

「木戸野――覚悟はいいか？」

異様な空間の中、空目は亜紀に呼びかけた。

「……どうしてくれるわけ？」

わずかに顔を上げ、亜紀は虚ろに微笑む。その顔からは血の気が失せて蒼白になっている。それでも左手の傷からは出血が続き、黒ずんだ血が零れ続けている。そんな状態でも、亜紀の微笑みは揺るがなかった。

「私を殺す？　そうすれば、終わるよね。恭の字に殺されるなら、私はそれでもいいよ。それ以上は、私は望まないよ……」

亜紀は微笑って言う。その微笑みには、疲弊と衰弱で明らかな影が落ちていた。覚悟と諦観の入り混じった死の笑みだった。さらに、亜紀は言葉を繋ぐ。

「恭の字……」

「何だ？」

「………いや、いい。何でもない」

言いかけて、やめる。再び寂しげに俯く亜紀。そのずぶ濡れの姿はあまりにも小さく、儚く見えた。

空目は何も言わず、あやめを振り返る。

あやめが頷き、両手を広げ、すう、と大きく、その胸に息を吸い込んだ。

そして均衡が、破られた。


――――山の領地は、隠しの地。隠しの神は、山の神。

硝子(がらす)の空に、墓標の地。全ては山へ、還るが為に――――


凛(りん)、と透明な声が大気を震わせた。

腐臭と獣、危ういバランスで張り詰めた均衡に、全く別の気配が侵入した。

あやめの〝声〟と共に空間が振動し、虚ろで静謐な気配が広がった。それは腐臭を裂き、殺気を打ち割り、この地に満ちていた目に見えない空間という名の城塞を、全て根こそぎ打ち壊した。

蛆の蠢く音が活性化し、林に甲高い遠吠(とおぼ)えが響き渡った。

忌まわしい均衡は破られて、その場の全ての存在が敵を求めて動き始めた。

「…………始まるぞ」

空目が言う。言われずとも凶暴な気配が、そこで荒れ狂い始めたのを俊也も感じていた。ごくりと俊也は唾を飲み込んだ。敵意と腐敗と静謐が、この山の中の小さな空間に溢れ返っていた。

あやめの詩が、世界を揺るがせていた。

全てを、無へと還すために。

――山の領地は、死人の地。死人の土地は、虚ろの地。

硝子の空に、墓標の地。全ては山へ、還るが為に――

樹木を激しく引っ掻く、そんな凶暴な音が無数に響き始めた。

ばきばきと音を立て、藪が荒れ、樹の幹が無差別に抉られ、次々と獣の爪痕が刻まれた。じゅわじゅわと油が茹(ゆ)だるような蟲の音が耳を襲う。そんな中で、空目は何事も無いかのように語り始めた。

「少し講義を始めよう。フレイザーによる呪術の形態分類に、『類比呪術』と『感染呪術』というのがある」

「恭の字、何を……」

「黙って聞け。そのうち『類比呪術』は〝類似は類似を生む〟という論理に基づいた呪術で、呪う対象を象(かたど)った人形や似姿に釘を打つような、そんな種類の呪術を総称して言う。

対して『感染呪術』は〝一度相互に関係のあった物は、離れて後もその繋がりを維持する〟

という信仰に基づいた呪術であり、相手の一部、すなわち髪や爪などを『呪物』として用い、それに何らかの操作を加える事で相手に影響を与えようとする。

この二つはよほど人間のイマジネーションの〝原型〟に近いらしく、ほぼあらゆる文化圏で呪術として用いられていて、また概ね後者の方が、強力に思われている傾向がある」

訝しがる俊也も亜紀も無視して、空目は淡々と続けた。その流れるような言葉は呪文のようにこの場に響く。

黙っているが、俊也は気が気では無い。

その間にも、〝見えない獣〟の暴走は加速している。

そしてそれに応えるように、〝蛆〟はぶちぶちと急速に蛹(さなぎ)へ変態を始めていた。それが次々と羽化を始め、みちみちと蛹を脱ぎ捨て、ぶぅー……ん、と耳障りな羽音を立てながら、黒い蠅の群れとなって周囲を飛び回り始めた。

蠅は群れながら渦を巻き、黒い霞のように満ち満ち始める。

樹々を覆い、下草を覆い、一面をわさわさと這い回りながら、卵のような白い粒を無数に産みつけ始める。

白い粒は即座に這い回り出し、下草を、木の皮を喰い荒らしながら、ぷくりぷくりと大きさを増してゆく。数秒でそれは丸々太った蛆になり、ぶちぶちと蛹になり、羽化する。

その繰り返しを、〝見えない獣〟が薙ぎ払った。蠅が千切れ飛び、蛆が、蛹が、卵が潰れ、おぞましい粘液が辺り一面に飛び散った。粘液は糸を引き、てらてらと下草を光らせ、それをさらに蛆が舐め合って、成長した。見る見るうちに、蠅が辺りを覆い尽くした。渦巻く蠅が塊となって、空目の傘に纏わり付いた。

その傘を、〝見えない獣〟が一撃する。

「‼」

傘が落ち、蛆が、蠅が、赤い傘を覆う。

その群がる蠅に見えない爪が無数に振り下ろされる。傘は瞬く間にズタズタに引き裂かれてボロ屑に変わる。

「空目っ……！」

俊也が叫んだ。瞬間、俊也の足元を、獣の気配が掠めて疾った。

「！」

それは偶然に躱したようなものだった。それでも厚手のレインコートの、頑丈な裾が易々と嚙み取られて無くなっていた。そこへ這い上がる蛆虫。俊也は慌てて、振り払う。

冷たい汗が背筋に浮かんだ。

空目ばかりを気にしている場合では無かった。

――――恨、妬、嫉に呪。山に全てを還しましょう。

殺、盗、片に狂。山に全てを放ちましょう——


あやめの詩は続く。何事も無かったかのように、空目の講義が淡々と続く。

俊也だけが杖を振り回して、見えない脅威を威嚇しつつ戦っていた。空目とあやめに近寄るモノを、片っ端から追い散らしていた。

「……」

ふとその中で、亜紀は大丈夫かと、俊也は一瞬目をやった。

だが、それは余計な事だった。

下草が腐食し、藪は激しく抉られていたが、亜紀には『犬神』の守護があるのだろうか全くの無傷のようだった。しかし、その時俊也にできた隙を、『犬神』の方は見逃さなかった。

がっ！

と死角の『犬神』が、杖を持っている右腕に喰らい付いた。

「ぐ……！」

反射的に筋肉を固めて牙の侵入を防ぎ、その空間に拳を叩き込んだ。動物を殴る重い手応えと共に、見えない何かが吹っ飛んで、袖と腕の皮膚が持って行かれた。剝がれた皮膚から、一拍遅れて血が滲んだ。苦痛に、俊也は眉を顰める。

わっ、と傷口に蠅が群がった。

「くそっ！」

蠅を払い除けて、傷を残った袖で覆い、庇った。正気とは思えない異常事態に、恐怖と生理的嫌悪が入り混じり、俊也でさえも、殆どパニックになっていた。

「昔から〝憑物〟にせよ〝呪詛〟にせよ、この種の異常事態は『呪術』か『暴力』で片を付けると相場が決まっている」

その俊也の苦境にも眉一つ動かさず、空目は続けた。

「『暴力』による解決は例の〝黒服〟と同じ方法論だ。当事者を全て抹殺すれば、事件自体が無かった事になる。この場合はそういう訳にもいかないからな、呪術で片を付ける事にした。『感染呪術』だ」

空目は言いながら、名刺大の紙片を取り出していた。

「『呪術』は同じ知識基盤を元にしないと成立しない。これまでの説明でその基盤を作った。次に『呪物』を用意すれば……」

空目の講義が佳境に入った。その空目に『犬神』の群れが襲い掛かったのを俊也は刹那に見て取った。藪が大きく掻き分けられ、草が一直線に千切れ飛ぶ。その様子でそれと知る。

「ちっ！」

気づいた時には咄嗟に間に割って入っていた。

腕と脚に、続けざまに激痛が走った。

途端、がくん、と右足が折れる。横倒しになって倒れる。本調子でない足が、無理な動作に耐えられなかった。しまった、と思った時にはもう遅かった。

小さな無数の『犬神』は野生の肉食獣のように、次々獲物の足を狙った。また訓練された戦闘犬のように、武器を持った手を集中して狙った。その牙は剃刀のように鋭く、厚手のレインコートを易々と貫通する。皮膚を破り、並んだ針のような牙が、筋肉に食い込む。

焦りに駆られて杖を投げ捨て、腕を振り回した。

見えない獣を地面に叩き付け、払い除けた。体中が嚙み千切られ、激痛が襲った。鉤爪で皮膚が裂かれ、流れ出す血が身体を濡らした。そこに蛆が、蠅が、纏わりつく。戦慄して、転げ回る。

はあ、と顔の近くに吐息を感じ、本能的に危険を感じた。反射で腕を振るうと、手応えがあった。〝見えない獣〟が喉笛めがけて飛びかかって来ていたと、遅れて理解した。ぶわ、と全身に鳥肌が立った。

喉を庇った両腕に、次々痛みと重みが掛かった。まずいと判っていたが、最早どうしようも無くなっていた。徐々に防御姿勢を取らされ、反撃もできなくなった。頑強な肉体が致命傷を防いだが、いつまで持つか判らなかった。

まずい、まずい！　焦りと恐怖が満ちる。

死を、俊也は意識した。

延髄か頸動脈で即死、動脈か腹筋が食い破られれば即座にそれも死に繋がる。身体を丸めて要所を庇ったが、見えない獣はその中にまで頭を押し込もうとして来た。完全に人間の急所を知っている動きだった。そして傷に群がる、無数の蛆。痛みと恐怖で頭が真っ白になる。このままでは、確実に死ぬ。

――びゃんびゃんびゃんびゃんびゃん、

周囲で、近くで、一斉に甲高い犬の鳴き声が聞こえた。

一瞬の後、それが頭の中で響いていると気付き、激しい恐慌に襲われた。

徐々に鳴き声は大きくなり、頭の中に響き渡って、意識を侵食して行った。鳴き声で意識が一杯になり、何もかも判らなくなって行った。

蹲った全身が痙攣した。

知らぬ間に、大きく口を開けていた。

喉の奥から、高い悲鳴のような声が漏れ出す。

悲鳴ではない。

遠吠えだった。

自分の喉から高く、細く、犬のような遠吠えが溢れ出るのを――自分の耳が、あたかも他人事であるかのように聞いていた。

自分の物ではない怯えと敵意が、頭の中に溢れ出した。


おぉぉぉぉぉぉぉぉぉん……！


倒れたままで顔を上げ、喉が勝手に咆哮を上げる。

激しい敵意が頭を満たし、その敵意が向いた先に、巨大な気配が湧き出そうとしている。

広場の中央。そこに滲み出す、禍々しい気配。

そこには蠅が集まり、黒く渦巻き、尖塔のように聳え立つ。

徐々にそれが形を歪め、蠅の塊が別の物に見え始める。黒い塔は輪郭を不定形に崩しながら形を変え、中央の気配を肉付けし、造形して行った。

蠅が飛び立ち、また群がり、そのたびに輪郭が霞み、また形を整えた。

それは、巨大な人間だった。

伸び上がり、鞭のように四肢を伸び撓ませて、昏い林の中に『悪魔』の姿がそそり立った。

一面の蛆が、青白くのたうちながら、忌まわしき主人の姿を迎えた。


——『悪魔』の降臨。

無数の蠅で造形され、靄のように輪郭を霞ませながら、悪魔〝サブノック〟はその獅子の頭で咆哮を上げた。

無数の甲高い遠吠えが、敵意を持ってそれに応えた。

――――びゃんびゃんびゃん！

頭蓋の中で『犬神』が、狂気と凶気の叫びを上げた。

遠くで、亜紀の悲痛な叫びが聞こえた。

「――――もう、やめてっ！」

全てが恐怖と、狂気によって塗り潰された。

異常な密度の悪夢。その悪夢の中で、空目が立つ。

「聞け！」

空目が叫んだ。

「魔より来るは魔をもって、血より来るは血をもって、共に炎へと還れ！　塵は塵へ灰は灰へ、汝ら連なる呪物と共に消えよ！」

言って紙片を差し出す。その半ば以上が血の色をした紙片は、この混乱の中、奇妙にはっきりと浮かび上がる。

頭の中の、自分でないモノが直感した。

その紙片が我等に連なる物だと。

そして目の前の敵にも、連なる物だと。

造形された『悪魔』が頭をもたげる。『犬神』が、動きを止める。

空目を中心に、その一瞬全てが動きを止める。

空気までもが、停止した。

次の瞬間、空目の右手が閃き、オイルライターを取り出す。

ぽっ、と火が点る。途端に、この場にいる全ての〝この世のものでないモノ〟が恐怖した。

理由不明の恐怖が頭の中と空間に爆発した。

今、全てが気付いたのだ。

本当の〝敵〟が、誰なのか。


——————おぉおおおおおおおっ…………！


全ての敵意が空目に殺到した。

「……もう遅い」

その時には、空目の持つ炎が紙片の端を炙（あぶ）っていた。

ぼっ、と視界が、無音の輝きに包まれた。

――其（そ）は太刀にして館（たち）、多智（たち）にして質（たち）、
断ち、截（た）ち、絶ちつつ、魔国の王は此処へと来る。
山は天の狗（く）の故郷にして、魔の国の郷。
山は天の狗の領国にして、狗の神の領国になし。
天は仙、狗は童、
血は血へと連なり、呪は呪へと通ず。
魔の王国は山中に在り、死の神国は山中に在り。
天狗の国は山中に在り、隠しの国は山中に在り。
迷いの館は山中に在り、妖しの夢は山中に在り。
呪いの神は山中に在り、魔国の王は山中に在り――

紅（あか）い光。

「！」

突如として意識が晴れ渡り、俊也は慌てて跳ね起きた。

頭の中に侵入していた、あの『犬神』達の気配が消えていた。それどころか全身に群がっていた無数の『蟲』も『犬神』も、どこかへと失せていた。

俊也は立ち上がり、そして――――呆然とする。

周囲の景色が、赤々と燃え上がっている。

最初、山火事かと思った。林の中、下草、木の洞、藪、見渡す限りのあらゆる場所が炎を上げ、火の粉を上げ、燃え上がっていた。だがすぐに違うと気付いた。燃えているのは山などではなかった。もっと別のものが、そこで燃えているのだった。

下草ではなく、燃えているのは蛆だった。

火の粉に見えたものは、燃えながら飛び回る蠅だった。

そして藪が、林が、上げる炎は。

火達磨(ひだるま)になって転げ回る、凄まじい数の獣だったのだ。

「古来『歌』とは〝祈り〟であり〝真言〟であり、すなわち〝神の言葉〟だった」

虚ろに燃える炎を背に、空目は言った。

「〝神の言葉〟は世界を創り、〝真言〟は世界を読み解き、〝祈り〟は世界を変質させた。これは魔術であり、呪いであり、人間が『世界』に働きかけるために培ってきた技術だった」

詩とは、歌とは、呪文である。空目は静かに、言葉を紡ぐ。

「あやめの『詩』は、そのための『鍵』だ。『詩』が、世界を変質させる。あやめによって、此処は此岸の世界から切り離されている。魔術師が結界を創るように、ここでは魔こそが法になる」

語る空目の手の中で、紙片が炎を上げている。

その右手には、ライターが握られている。空目が紙片に火をつけた途端、『悪魔』を構成する全ての物と、その場に居る『犬神』の全てが、残らず一斉に発火したのだった。

蛆がぶずぶずと音を立てて燃え溶けて、火の点いた蠅は散り散りになって、燃え上がった『悪魔』の形は見る見る赫い炎の粒になり、崩れて飛び去った。今まで姿の見えなかった『犬神』は、炎によってその姿を現され、絶叫を上げ苦悶して、辺りを転げるように駆け回っていた。

咆哮のような羽音と、獣の甲高い叫びが辺りを満たした。

腐敗した空気は静謐なものによって一掃され、紙の燃えるような炎の匂いが、ただそこには立ち昇っていた。

「それも――――『呪いのFAX』か？」

「ああ、木戸野の『血』が染み込んでいた四夜目の『呪いのFAX』だ。『犬神』と『悪魔』、双方に同時に感染する『呪物』といえばこれしかなかった。どちらかが弱まれば、もう片方が活性化し効果を発揮する。この二つはどうしても同時に滅ぼす必要があった」

俊也の問いに、空目が答えた。

油にでも浸したのか、呪われた紙片は鮮やかに燃え続ける。

その間にも『悪魔』の残滓はあっけないほど速やかに滅び去り、蝿は燃え尽き地に落ちて、蛆は灰に、元は感熱紙であった白い汚泥すらも、早々に燃えて、無くなってしまった。

それらは痕跡も残さず、あっさりと燃え尽きた。

悲惨なのは『犬神』の方だ。林の奥、樹の陰、藪の中、足元。見えない獣は炎の獣と化し、甲高い叫びを上げながら駆け回った。その光景はあたかも地獄のように悲壮で、また異界の美に満ちていた。古戦場には火が燃えるという。一面を覆う炎の光景は、その怪異の炎を彷彿とさせた。

壮絶で、静謐で、幻想だった。

林が、藪が、炎に覆われ、その燃え上がる獣の数は百にも千にも見えた。

一つ一つの炎が小さな獣を形作り、それが苦悶し、叫びを上げながら下草の上を転げ回っていた。それは犬のような獣で、赤い炎を上げながら逃げ惑った。しかし自身が上げる炎から逃れる術など無い。

ひしめく『犬神』が炎を上げている。林が、藪が、草地が、一面に燃えているかのように。

だが『犬神』を包む炎は異界のもので、樹にも藪にも、決して燃え移る事は無かった。

異界の炎は見る見るうちに『犬神』を蝕んだ。

次々と『犬神』はその動きを止め、その遺骸は火の粉に変じた。崩れ、跡形も残さず、『犬神』は空気に消え散った。

最後の力を振り絞り、一匹の『犬神』が空目に飛びかかった。

だが姿が見える以上、俊也にとって叩き落とすのは難しい事では無かった。

一撃を受け、『犬神』は火の粉を撒き散らして地面に落ちた。

そしてそのまま、粉々の火の粉に崩れて消えた。

「……」

それはあまりにも儚い存在だった。

少なくとも二人の人間を食い殺し、つい先ほど俊也を殺しかけた、恐ろしいモノとは思えなかった。

辺りには無数の火の粉が舞っている。

静謐な空気の中、膨大な数の火の粉が舞い狂っている。

空目の手の中で、紙は血のように赤い炎を上げながら灰になる。

炎が手に触れる寸前、空目は紙から手を離す。紙片は落ちながらも燃え、地に着く寸前に燃え尽きて、火の粉となって宙へ舞った。それを皮切りに『犬神』は見る見るその数を減らし、その全てが火の粉となって、空気に溶けた。

一匹の『犬神』が現れて、亜紀の足元に弱々しく擦り寄った。

「………………」

亜紀がどこか悲しげに見下ろす中、その最後の一匹も炎の中で崩れ去って、仲間の元へと散失した。

それを確認したかのように、亜紀はふっと意識を失った。

かくんと膝を折って、亜紀は下草の上に崩れ落ちた。

「……おい！」

俊也は慌てて駆け寄った。

息をしているのを確認し、その頰に触れる。

亜紀の顔色は死人のように白かったが、触れた頰は火のように熱かった。だが呼吸の乱れは見られず、苦しそうな様子も無かった。これならば一刻を争うような事は無いのではないかと思えた。

「何とか……生きてるな」

俊也は安堵の息を吐く。

「木戸野の血液ごと『犬神』を焼却した。貧血か熱か、あるいは両方の症状があると思う。早めに病院に連れて行く必要があるだろうな」

空目が言った。

「ああ、そうだな」

俊也は気が抜けて、生返事をする。

亜紀の白い頬が俊也の血で汚れていた。拭き取ってやろうとも思ったがそのままにした。かえってひどくなる気がしたからだ。今の俊也は、ほぼ全身が血と泥で汚れ切っている。

空目は徐々に夜空に消えゆく火の粉の群れを見上げた。その傍らで、あやめが同じように宙を眺めた。その周りを、赤い粒子が降るように舞う。視界が烟るほど、膨大な火の粉が舞っている。

――――硝子の空に、墓標の地。全ては山へ、還るが為に。

恨、妬、嫉に呪。山に全てを還しましょう――――

あやめが詠う。

火の粉がゆっくり、空へと上がって行く。

「――――あぁ」

釣られて見上げて納得した。林に空き地の分だけぽっかりと穴が開き、そこから空が見えていたのだ。それまで厚い雲に覆われていた空は、綺麗に晴れ渡っていた。その赤い空に、火の粉は吸い込まれるように巻き上げられ、溶けて行った。

やがて『異界』の空は霞むように溶け、消える。

蜃気楼のように赤い空は消え、黒と灰色の空が現れる。

それこそが、元の空。

「……これが、『最後の手段』か」

「そうだ」

俊也の言葉に、空を見上げたまま空目が答えて言った。

「俺はとある『異界』の法則を何故だか理解でき、あやめはその『異界』をこの世に呼び出す事が出来る。相手が『異界』の物である限り、この論理と法則からは逃れられない。これは『魔術』だ。一種のな。俺とメフィストフェレスとの契約によって為される、ただ一つの『魔術』だ」

そのメフィストフェレス——あやめ——は、何か怯えたような視線を俊也に向けていた。

済まなそうな、許しを請うような、あやめの瞳が俊也を見ていた。

俊也は思う。つまり空目は、破滅を抱き込んだに等しいのだ。『異界』に対する力と引き換えに、破滅の可能性を身内へと抱き込んだのだ。それに空目が気づいていない訳が無い。危険と引き換えにして、『異界』との接点を、空目は保持しようとしている。

「おまえ——その〝契約〟で、何をするつもりなんだ?」

俊也は空目を睨んだ。

「言わない。だが、知っている筈だ」

空目は無感情な目で、俊也を見返した。しばし、二人は睨み合う。無言の意思が、ぶつかり合う。

何か言おうと思ったが、俊也は思い直して止めた。

今は気力と体力が勿体無(もったいな)かった。言えば長くなる。まだ、俊也達は山を降りなければならない。

「痛えな」

代わりに俊也は呟く。

雨は、いつの間にか止んでいた。

ここであった事は、もうどう見てもこの景色からは窺い知れない。

ほんの少しだけ残っていた『犬神』の残滓が、山の空気に溶けるように、目の前で消えた。

終章　そして魔女は終わりを語らず

「────やってくれましたね……」


空目とあやめで亜紀を支えて、何とか下山した四人を待っていたのは、黒塗りの車だった。

そこに居たのは芳賀。

そしてもう一人の〝黒服〟に後ろ手に拘束された、武巳。

「喋ったな、お前」

「ごめん……」

俊也が睨み、武巳が俯いた。空目は何も言わずに芳賀へと目を向けた。あやめが不安な瞳で、空目を見上げる。

芳賀はそれぞれを、ゆっくりと見回した。

そして、

「……素晴らしい。君は本当にイレギュラーなのですね、空目君」

満面の笑みを浮かべ、ぱん！と一つ手を打ち、そう言った。

「我々の記録上〝一次感染者〟を処理すること無く、〝異存在〟のみを放逐した前例は極めて稀です。しかも意図的ともなると、その実例は本当に希少だ。〝仙童〟、あるいは〝魔王〟というのも、決して間違いでは無さそうですな。いや、本当に素晴らしい」

芳賀はわざとらしく拍手をする。それはかつての基城を彷彿とさせる、本心の見えない大仰な調子だ。その間に別の〝黒服〟がやって来て、空目が支えていた亜紀の身柄を引き取る。

「おい、空目……！」

あっさり渡した空目に、俊也が不信の声を上げる。

「心配せずとも、異常が無いと判れば返して差し上げますよ」

そんな俊也を見やって、芳賀は穏やかにそう言った。

つまり、異常があればその限りでは無いという事だ。

だが――――

「好きにしろ」

空目は引き下がる。空目は最後の一線で全てを突き放しているので、全く足掻(あが)く事をしない人間だった。自分の命すら同じように扱い、避けられない状況には容易く甘んじようとする。

それは空目の根源的な虚無の発露であり、今に始まった事でもないが、こんな時はさすがに苦々しかった。

「大丈夫、請け負いますよ」

そんな俊也の胸中には構わず、芳賀は言った。

「どうせ抵抗はできん。勝手にしろ」

空目は答えた。芳賀が微笑む。

「今までの事について一切口を噤むなら、何もかも元通りにして差し上げます」

「好き好んで言い触らす趣味は無い」

「よろしい」

やり取りは終わった。これで、〝黒服〟との契約は完了したようだった。芳賀が亜紀を車へ運び、武巳が拘束を解かれて解放された。

「……君は役に立ちそうだ」

立ち去る間際、空目に向かって芳賀の言った最後の言葉が、何故か異様に俊也の耳に残った。

そして――――

数日で、何もかもが解決して行った。

教師の柳川は失踪、男子生徒の宗谷は事故死。山狩りは予定通り行われ、野犬十四頭という一応の成果を上げて、事件は事実上終了となった。

亜紀は救われた。

亜紀はあのまま〝機関〟に連れ去られ、数日後に衰弱と、そして重篤な貧血により入院している事が皆に知らされた。

入院が知れるまでの数日の空白は、亜紀自身も何も覚えていなかった。

破壊されたアパートは知らぬ間に元通りになり、建物には痕跡も残っていなかった。

ただ部屋には生活用品が何も無く、代わりに現金で五十万、置かれていた。あれだけの騒ぎにも拘らず、大家も隣人も不動産屋も、誰も何も言わなかった。初めから何も無かったように、元通りの日常に戻された。やがて数日のうちに、亜紀を除いたアパートの住人は何故か残らず入れ替わるか、空き室になった。

「気味は悪いけど、仕方ないね……」

亜紀は諦めたように言い、日常に戻った。

一度死を覚悟した女は、文字通り憑き物が落ちたように元の状態まで回復した。

指の傷も、切断必至に見えたあの壊疽から奇跡のように治癒して行った。まだ包帯は取れないが、最終的には少しの傷跡が残る程度まで回復しそうだという。医者も首を捻っている。

「良かった、女の子の手だもんね」

亜紀以上に、それには稜子が喜んでいた。

一部を除いた何もかもが、元通りに戻りそうだった。

ただ。その代わり。皆が知る事ができた事件の顚末(てんまつ)や真相は、あまりにも少ないのだが。


柳川がどうなったのか、断言できる者は居なかった。

なぜ宗谷が死んだのか、正しく言えるものは居なかった。

亜紀の『犬神』は本当に消えてしまったのか、判断できる者は居なかった。

証拠の紙が失われて『呪いのＦＡＸ』の件は有耶無耶(うやむや)になり、死んだ宗谷が発信していたと推理する他は、判断できる事が何も無かった。

結局何も、確かな事は判らなかった。

推理を話しても、行き詰まるか、堂々巡りするだけだった。

自然と誰も、この事件を語るのを止めた。

そして何もかもが、無かった事になった。

＊

「…………」

空目恭一がその中庭に立ったのは、何日か振りの快晴の日だった。

空目はいつもの無感動な眼差しで立ち、傍らにはあやめが立っていた。

あやめの表情は心なしか固い。あやめは目の前に立つ人物に会うたび、何故だかいつも表情を固くする。それはこの人物が持つ異名とも無関係ではないだろう。あやめは怯えのような感情を、この人物に持っている。

その〝魔女〟、十叶詠子は、二人を見て、にっこりと笑みを浮かべた。

「……珍しいねえ。あなた達が二人でここに来るのは」

そう言って浮かべる詠子の笑みは、心の底から無邪気な笑みだった。

一切の邪悪が欠如したその微笑みは、まともに見た人間を不安にさせる種類のものだった。曇りの無い鏡のように澄み渡り、それを見る者は嫌でも自身の心の闇を自覚させられる。多くの人はそれに気づかないから、人は詠子の笑みを見ると違和感を感じる。詠子自身を奇妙に感じる。

ただ――――それは決して、間違った評価という訳では無い。

「今日のご用は何？　〝影〟の人」

「訊きたい事があって来た」

詠子の言葉に、そう空目は答えた。いつも通りの抑揚の乏しい声だ。その声の調子からは、何の感情も読み取れない。

「訊きたい事？」

詠子は首を傾げる。頷く空目。

「あれには一体、何の意味があったんだ？」

「あれ、って？」

「『呪いのFAX』の事だ」

不思議そうな表情を詠子はしたが、空目は構わなかった。淡々と先を言う。

「〝魔女〟が魔術を行うのは、言葉の上だけなら何もおかしい事は無い。『呪いのFAX』はお前が作ったんだろう？」

「どうして判ったの？」

あっさりと詠子は認めた。初めから隠す気など無かったようだった。先程の不思議そうな顔は、とぼけるためのものではなかった。どうして空目に判ったのかを、純粋に不思議がっていたのだ。

「……気づいたのはいつ？」

「お前が木戸野に言った『見えない狗』云々について日下部が口走った時、その時に可能性の一つとして浮かんだ。お前なら木戸野の家など知らなくても、その血統について一目で分かるだろう。で、次に俺達が四夜目のＦＡＸを止めに行った時、先手を打たれた。半ば以上確信したのはその時だ。あの時の俺達の行動を知っている人間は、知っている範囲ではお前しかいない」

「さすが。〝影〟は何でもお見通しだねえ」

「だから気が進まなかったんだ。相談するのは」

空目は言って、眉を寄せた。詠子はくすくすと笑う。

「でも嬉しかったよ？　相談されて」

冗談か本気か、詠子はそう言った。空目はそれを黙殺する。

「『呪いのＦＡＸ』は、送信者と受信者に〈魔術儀式〉を強いる道具だ。素養のある者に無理矢理『異界』を覗かせる。おかげで木戸野が死にかけた。何が目的だ？」

問い掛ける。そしてもう一度、最初の質問を繰り返す。

「一体、何の意味があったんだ？」

「意味なんて無いよ。ただ理由があるだけだよ」

詠子は答えて言った。

「理由？」

「そう、ここは〝トクイテン〟だから」

空目は訝しげな顔をする。詠子は笑う。

「都市はね、〝特異点〟なの。世界はそこから変わって行くんだよ」

「どういう意味だ?」

「だから言ってるのに。意味なんて無い、って。あなたは他の事なら何だって判るのに、唯一それだけが理解できないんだよねえ……」

詠子は溜息をついた。

「だからあなたは〝向こう〟には行けなかったし、〝向こう〟のモノを〝こちら〟に引き寄せちゃうんだよ」

「……何?」

「意味って人間が作るものだもの。意味付けされちゃった世界は、もうありのままの世界じゃなくなってるんだよ。安定してるかも知れないけど、それは人間のもの。世界って、もっとあやふやなものじゃない?」

空目は沈黙する。詠子が何を知っているのか、図りかねていた。

「人間が意味付けしたものは、人間の領域になっちゃう。そうやって人間は安心するの。でもそれじゃ、本当の世界を見てるとは言えないよね」

詠子は腕を一杯に広げた。〝世界〟を表しているつもり。

「意味なんか考えてたら、ありのままの世界が見えなくなっちゃう。その証拠に、世の中には意味不明なものがたくさんあるでしょ？　あなたは賢いから、意味付けがとても上手。どんなに不思議なものでも、意味を付けて人間の領域に引き込んでしまうの。だから存在があやふやなものは、皆、あなたに惹かれる。そこの〝神隠し〟の子も同じ。誰かに定義してもらわないと、自分だけでは自分の存在が維持できないんだよねえ」

びくり、とあやめが肩を振るわせた。

その様子を見て、詠子がくすくす笑う。

「大丈夫、責めてる訳じゃないよ。〝影〟の人もそう。駄目だって言ってる訳じゃないの。みんな、みんな、世界だもの。色んな人がいて、色んな世界を見てる。それが世界のカタチ。誰もがそれぞれ、世界には必要なんだよね」

ひどく優しい笑みを浮かべ、詠子は歌うように言う。

「覚えておいて。世界はね、〝物語〟なの。色々な人が同じ物語を読んで、その解釈も、感想も、意味付けも、見え方も、好き嫌いも、教訓も、感情移入の対象も、読む人によって全然違うよね？　でも、みんなが読んだ〝物語〟自体は、たった一つの同じもの。〝世界〟という物語を、みんなは読んでるの。

世界はね、〝物語〟なの。だから〝世界〟は物語で変わって行く。その〝物語〟を生み出すのが、人間。人間が集まるのが、都市。だから都市は〝特異点〟。ここから『噂』とか『都市伝説』とか、世界を変えるための要素が生まれて来るの。私は少しそれを後押ししてる。趣味みたいなものかな？」

そう言って何も無い、空を見上げた。

両腕を広げ、詠子は夢見るような表情を浮かべていた。

その言動は常軌を逸していた。空目は黙ってそんな詠子を見据えていた。あやめが怯えたように、その陰に隠れた。

詠子はふと、視線を下ろす。

「…………ねえ、〝世界〟が変わって行く姿を、あなたは見たくない？」

そして空目にそう、尋ねた。

そのとき詠子が浮かべた笑みは、本当に無邪気な笑みだった。

本当に澄み切った、無垢の笑みだった。

「お前は────狂っている」

空目は静かに、断定した。

「うん。私だけじゃなく、あなたもね」

詠子は当然のように、微笑を浮かべてそう言った。

「狂ってるよ。私は〝魔女〟で、あなたは〝魔王〟だもの。うん、きっと、狂ってると思うよ」

くすりと微笑む詠子の周りに、異様な匂いが漂った。

それはあの肉の腐ったような、胃袋を鷲掴みにする、忌まわしい匂いだった。

＊

最前線の防疫機関である〝機関〟は、常に最新の技術が使用されている。

だがそれだけではない。情報によって〝感染〟する〝異存在〟を防疫対象としている〝機関〟には、旧い異障へのアンテナとして、また冗長化として旧い技術がわざと遺されている。古い情報媒体を寄る辺とする〝異存在〟の管理には、あるいは察知には、相応の古い機器が必要になる。それを完全に排除してしまう事は、〝機関〟の徹底的な管理方針では許されない。

とある施設の一室に、ＦＡＸ付き電話機が一台だけ卓に置かれた部屋がある。

コンクリート打ちっ放しの小部屋には、それ以外の物は何も置かれていない。金属製の重い扉が施錠され、扉の上部に取り付けられた監視カメラだけが、電源が入り感熱紙がセットされ待機状態になったＦＡＸ機を見詰めている。

まだＦＡＸは年配者と旧態依然とした企業を中心にしぶとく使われているが、いずれ完全に廃れる日が来る事は疑い無い。それは十年後になるか、もしかすると百年後にもなるかも知れないが、間違いなく既定路線であり、いずれそうなる日は必ず来ると考えられている。

その日のために、〝機関〟は備えている。

その備えとして、この部屋は存在している。

いつか、この日本からＦＡＸ機の全てが無くなった時。

この閉鎖された部屋に、日本でたった一台だけ回線に繋がれたＦＡＸが、ただ有り得ない〝何か〟を受信するためだけの機械として────ぽつんと存在する事になるのだ。

……ガチャッ…………ピー……

ＦＡＸの無くなった世界で。

ＦＡＸが、受信する。その日のため。

<初出>

本書は2001年10月、電撃文庫より刊行された『Missing 2 呪いの物語』を加筆・修正したものです。

この物語はフィクションです。実在の人物・団体等とは一切関係ありません。

メディアワークス文庫

Missing2 呪いの物語

甲田学人

2020年9月25日　初版発行
2023年9月30日　4版発行

発行者　山下直久
発行　株式会社KADOKAWA
〒102-8177　東京都千代田区富士見2-13-3
0570-002-301（ナビダイヤル）
装丁者　渡辺宏一（有限会社ニイナナニイゴオ）
印刷　株式会社KADOKAWA
製本　株式会社KADOKAWA

●お問い合わせ
https://www.kadokawa.co.jp/（「お問い合わせ」へお進みください）
※内容によっては、お答えできない場合があります。
※サポートは日本国内のみとさせていただきます。
※Japanese text only

※定価はカバーに表示してあります。

Printed in Japan
ISBN978-4-04-913457-5 C0193

メディアワークス文庫　https://mwbunko.com/

本書に対するご意見、ご感想をお寄せください。

あて先
〒102-8177　東京都千代田区富士見2-13-3
メディアワークス文庫編集部
「甲田学人先生」係

メディアワークス文庫

甲田学人
――このマンションは、何かがおかしい。
鬼才・甲田学人が贈る怪奇都市ファンタジー!。
ノロワレ
怪奇作家真木夢人と幽霊マンション
『もし深夜に子供がドアをノックしても、絶対に開けないで下さい』
ホラー小説レーベルの編集者・西任結は、子供の喘息を憂い地方への引っ越しを決めた。だが、そのマンションでは奇妙な出来事が多く起こる。川に浮かぶ幾つもの紅い流し雛、不自然に多い空き部屋、「よそ者は出て行け」と怒りを露わにする老人、そして掲示板に貼られた謎の掲示――。
結は「新居がいわくつきだったら教えて下さい」と告げた若きベストセラー作家・真木夢人に相談を持ちかけるのだが、事態は一向に変わらず。そして、ついに住人の子供が奇怪な死に巻き込まれ――。

発行●株式会社KADOKAWA